ピーラーで真剣に
にんじんの皮をむく雅尾。
Illustration :
Haru Suzukura

セシル文庫

強面黒豹パパは
三毛猫男子に初めての恋をする

寺崎　昴

イラストレーション／鈴倉 温

◆目次

この作品はフィクションです。
実在の人物・団体・事件などに
一切関係ありません。

強面黒豹パパは
三毛猫男子に
初めての恋をする

＊＊＊Prologue《プロローグ》＊＊＊

種の保存とさらなる進化のため、人間と獣たちが交わり、耳や尻尾のついた人間——亜人《あじん》が誕生してから数百年。

発生当初はノーマル（ただの人間）による差別や迫害があったものの、亜人の人口が爆発的に増えた現在では、亜人はノーマルとほぼ同等の生活を送っている。

だが、亜人の中には未だ動物的ヒエラルキーというものが存在していて、ライオンや虎、羆《ひぐま》といった大型肉食獣を祖《そ》とする亜人を頂点とし、それが強く希少であるほど貴《とうと》ばれる傾向にあった。

また、属性が近しい者同士でないと子ができにくく、例えば猫と犬ではまず子は望めない。できたとしても母親の特徴しか引き継がれず（父親のほうはノーマルの遺伝子が結びつくため）、種を保存するためには同じ属性同士で結婚するのが当たり前とされている。

希少種は同じ属性の希少種と。

虎ならばチーターやライオンなどといった同じネコ科の亜人と。

この世界はそういう理《ことわり》の上に成り立っている。

＊＊＊ Side《サイド》 Kurose《クロセ》 ＊＊＊

あれもやだ、これもやだ。

テーブルに置かれたすべての料理を拒絶され、しかしそれでは健康に悪いからと、無理やりにでも食べさせようとしてスプーンを小さな口に押し込んだ途端、息子の雅尾《みやび》は火がついたように泣き出した。

おまけに直前に飲んでいた牛乳まで吐き出す始末で、大丈夫かと慌てて薄い背中をさすりながら、黒瀬《くろせ》疾風《はやて》は真っ白な天井を仰ぎ見た。

「……一体俺はどうしたらいいんだ」

だが、つぶやいても返ってくる声はなく、止まない泣き声に途方に暮れる。嫌がる雅尾の口の周りを丁寧にノンアルコールのウェットティッシュで拭い、吐き出された牛乳で汚れたテーブルを片付けるために立ち上がった。

妻が離婚届を置いて出ていって、三ヶ月になる。それにサインをし、役所に届け出た時点で妻にはすでに新しい恋人がいて、雅尾の親権は相談するまでもなく黒瀬が持つことになった。

フリーランスのフランス語翻訳家という仕事柄、家にいることが多く、子育てにはむしろ積極的に参加していたつもりだったが、食事の用意に関しては料理ができないのもあってすべて妻に任せていたため、雅尾に食事をさせることがこんなにも難しいとは思ってもいなかった。

雅尾とふたりきりになって以降、あの手この手でいろいろな料理を食べさせようと試みたが、今のところすべて失敗に終わっている。

黒瀬が利用している大人用のデリは味付けが濃いせいか、子どもの舌には合わないようでほとんど口にせず、ならば薄味のオーガニックで有名な宅配サービスの弁当はどうだと全メニューを注文してみたが、食べてくれるのはハンバーグと、グラタンに入っているマカロニくらいで、あとは一口食べては顔をしかめ、二口目はいらないと駄々をこねた。

妻が用意した料理なら何も言わずに食べてくれていたはずなのに、黒瀬には違いがよくわからない。

よって今、雅尾が喜んで食べてくれると判明している料理は、オーガニック弁当のハンバーグとマカロニ、塩コショウで味付けしただけの焼いた肉、それからフライドポテトとコーンポタージュくらいだ。野菜はそのふたつ以外断固として受け付けず、野菜ジュースも嫌がった。

このままでは成長に支障をきたすどころか、栄養失調で倒れかねない。母親が出ていったばかりで精神的にも不安定な状態の雅尾を、黒瀬は正直なところ扱いあぐねていた。

「雅尾、このままだとお前、死んじゃうかもしれないぞ」

泣き止まない雅尾に脅《おど》すようにそう言うと、雅尾はさらに泣きじゃくり、こうなってしまえば黒瀬のほうが折れるしか道はなかった。以前、言うことを聞かないからと泣いている雅尾を放置していたら、虐待《ぎゃくたい》なのではと児童相談所の職員が訪ねてきたことがあったのだ。

「……わかった。いい子だから泣き止んでくれ。とりあえず何かお腹に入れないといけないから、食べたいものを言いなさい」

先日三歳の誕生日を迎えたにも拘《かかわ》らず、まだ大して重く感じない雅尾を抱きかかえ、黒瀬はゆらゆらとあやすように身体を揺らす。

「……ママのハンバーグたべたい」

黒瀬にそっくりな真っ黒な耳をぺたんと伏せたまま、雅尾が答えた。

「すまないが、それは無理だ」

ごめんな、とやわらかな黒と黄色の混じった髪の毛をやさしく撫で、黒瀬は首を横に振った。

いくら夫婦間に愛情がなかったからと言って、何も言わず子どもを置いてほかの男と出ていった女に、雅尾を会わせるわけにはいかない。

「ママ、もうかえってこない？」

涙混じりの声で、雅尾が訊いた。何度も何度も繰り返された質問だ。その質問に「帰ってこない」とはっきりと答え、黒瀬は雅尾の顔が見えないよう、頬を寄せてぎゅっと抱きしめた。

「パパだけじゃダメか？」

子どもにするには、ずるい問いだとわかりつつ、黒瀬は訊いた。これを言うと、雅尾の身体はぐっと固くなって、そのまま何も答えられず黙ってしまう。ただ、困惑したように、雅尾の細長い尻尾がパタパタと黒瀬の脇腹を叩いた。

黒瀬の祖先である黒豹は、亜人のヒエラルキーの中でも上位、しかも希少種に属するものだった。

上位種は上位種同士で交じり合い子を成すべきだという固定観念に加え、子どもをつくるのが希少種としての責務だという思想が蔓延《まんえん》している中、黒瀬に向けられる両親の期待は当然のように大きかった。

しかし、生まれたときから不機嫌そうな顔のせいか、それとも黒豹という上位種の威圧的なオーラのせいか、黒瀬には幼い頃から友達と呼べる人間がひとりもできたことはない。友達もできなければ当然人付き合いは下手になる一方で、人との適切な関係のとり方がわからないまま、黒瀬は大人になった。

強面《こわもて》かつ口下手。

そんな黒瀬を理解してくれる人間はついぞ現れず、黒瀬自身も他人に期待を抱くことはなくなり、そうなると恋人をつくる気力も湧くわけがなく、このまま独りで一生を終える覚悟を決めていた。

しかし、二十七歳を過ぎたあたりから、それを心配した両親に頻繁に見合いを勧められるようになった。

そして勧められるまま、互いに恋愛感情など持たずに、同じ上位種のライオン種女性と結婚したのが、今から四年前の春のことだった。

夫婦関係は良好とは言えないまでも、妻は黒瀬にとってビジネスパートナーのような存在で、恋愛感情は持てなくともパートナーであるからには黒瀬なりに大切にしてきたつもりだった。家事もきちんと分担し、妻を労《ねぎら》い、記念日にはプレゼントも欠かさなかった。結婚から一年後には雅尾も生まれ、家庭は問題なく回っていた。

——はずだった。

だが、そう思っていたのは黒瀬だけだったようだ。

出ていった妻に電話越しに言われた一言で、黒瀬は自分がいかに愚《おろ》かだったかを思い知らされた。

『何を考えているかわからない人とずっと一緒にいられるわけがないでしょ。お見合い結婚だったとしても、夫婦になれば愛してくれると思ったのに、あなたは最後まで何も変わらなかった。顔や血統はよくても人としては全然ダメ。この一年、私が浮気してたことにも、あなたちっとも気がつかなかったでしょう?』

信頼を裏切られたのと同時に、自身のコンプレックスをさらに深く抉《えぐ》られて、黒瀬は絶望した。

だがそれでも、黒瀬の傍《そば》には雅尾が残った。雅尾だけが唯一、黒瀬の心情をわかろうとしてくれる。父親として頼ってくれる。

母親がいなくなった心細さで泣き喚く雅尾を抱きしめて、この子だけは立派に育て上げようと、黒瀬は固く心に誓った。

──しかし、現実はそう甘くはない。

雅尾をひとりで育てることになったものの、偏食のせいで保育園には通わせられず、日中は自分の部屋で遊ばせながら仕事をすることにしたのだが、騒がしさの中で仕事に集中できるはずもなく、効率は半減した。締切ギリギリになることも増え、担当編集にはひどく心配された。

「家政婦でも雇ったらどうですか？　手料理なら雅尾くんも食べてくれるかもしれませんよ？」

そう勧められ、人を雇おうとしたこともあったが、自分の家に他人が入るのを雅尾がひどく嫌《きら》ったので白紙になった。

そして、冒頭に戻る。

雅尾の偏食は一向に治らず、仕事も捗《はかど》らない。このところの黒瀬は精神的にもかなり限界に来ていた。このままでは理性が保てず、雅尾にきつく当たってしまうかもしれない。

黒瀬はそれが怖かった。

あれだけ雅尾のためにと誓ったのに、たった三ヶ月でそれを忘れようとしている自分も、父親としてうまくやれない自分も、情けない。

――顔や血統はよくても人としては全然ダメ。

「はあ……」

腕の中に我が子を抱きながら、黒瀬は元妻に言われたことを思い出し、大きくため息をついた。

仕事の締切も近づいているが、自分と雅尾のためにも、今日は気分転換に外に食べに出たほうがいいのかもしれない。黒瀬はそう思い、雅尾を抱えたままジャケットを羽織《はお》ると、片付けを放り出して玄関へと向かった。

都心から少し離れたところにある二階建ての一軒家は、子どもができたら家は広いほうがいいだろうと、結婚してから黒瀬が奮発《ふんぱつ》して購入したものだ。大きな公園が近くにあり、治安もいいベッドタウンなので、のんびりした空気が流れており、黒瀬は気に入っている。

四月に入ったばかりで、まだ若干《じゃっかん》の肌寒さは残るものの、沿道の桜たちはすでに満開だ。

先ほどまで泣いていた雅尾は、今はすっかり落ち着いて黒瀬の手を離れ、はらはらと落ちてくる花びらを必死に手で摑もうとしている。

「どこに行こうか。雅尾、ファミレスとハンバーガーショップ、どっちがいい？　それとも他の店か？」

「んー、どこでもいい」

食に対して期待がないのか、雅尾はどうでもよさそうに答え、ぱしん、と手を打ち鳴らし、恐る恐るといったふうに手のひらを開いた。小さな手の真ん中には、見事花びらが収まっていて、途端にキラキラと薄緑色の目を輝かせ、ぱっと黒瀬を振り返る。

「パパ！　みてみて！　さくらとれた！」

「すごいな」

「うん！」

黒瀬が褒めると、雅尾の尻尾が嬉しそうにぶんぶん揺れた。そして褒められたことで得意になったのか、雅尾は「もっととってあげるね！」と黒瀬を置いて駆けだした。

「あっ、こら、雅尾！　急に走り出したら……」

危ないぞ、と黒瀬が言う前に、その予感は的中した。

「わっ！」

ドンッと鈍い音を立てて、雅尾が通行人にぶつかってしまったのだ。

「いたっ」

雅尾はぶつかった反動で尻もちをつき、ぶつかられたその通行人も前のめりに転倒する。手に持っていたらしい紙の束が宙を舞い、あちらこちらに散らばっていく。

「大丈夫か!?」

黒瀬は慌ててふたりに駆け寄り、まずは泣き出した雅尾を抱き起こした。そしてこけたその人にも手を伸ばし、そこであることに気づき、はっと目を見開いた。

「だ、大丈夫です……、すみません、お子さんは怪我してませんか?」

茶色と黒と白の混じった髪の毛に、それと同色の耳と尻尾。だが、声は明らかに男とわかる低さで、胸もない。身長も一七〇センチはありそうだ。

一見、どこにでもいる猫種のように見えるが、黒瀬が驚いたのは、彼が三毛猫だったからだ。遺伝子の関係上、男の三毛はほとんど存在しないとされていて、黒瀬たち黒豹以上に希少な存在だった。もちろん黒瀬も初めて見る。

「あの……?」

黒瀬が彼を引き起こした手を離さないまま、ついじろじろと観察していると、彼は戸惑ったように首の後ろを掻いて、苦笑した。

「あ、ああ。すみません。うちの子がちゃんと前を見ていなくて。ほら、雅尾、泣いてないでお前も謝りなさい」

「っ、ごめ、なさ……」

黒瀬に抱かれた状態で、雅尾がしゃくり上げながら謝罪の言葉を口にする。すると、彼

は小さく手を振って、雅尾の目線に合わせて微笑んだ。オレンジがかった黄色の瞳がすっと弓のように細くなり、口元からは小さく尖った犬歯が覗く。

「僕も注意不足でした。ごめんね、許してね？」

「ん」

すっと泣き止んだかと思うと、こくり、と雅尾が素直に頷く。子どもを恐《こわ》がらせない自然な振る舞いで、黒瀬は少し感心した。雅尾は人見知りが激しく、特に大人には警戒心が強い。そんな雅尾が他人に対して身体の強張りをすぐに解《と》くのは、初めてのことだった。

「子ども慣れしているんだな」

黒瀬が言うと、彼は視線を雅尾から黒瀬に向け、同じように人懐っこそうな顔でにっと微笑んだ。

改めて彼の顔を眺める。大きな瞳に小ぶりな鼻と口がバランスよく配置されていて、かっこいいというよりはかわいいという表現のほうがぴったりの造形をしている。どことなく幼く見えるが、まだ高校生くらいだろうか。

「十歳下の双子の弟と妹がいるんです。親代わりに世話してたから、ですかね。でも、うちの弟たちは中学生になってからすっかり生意気になっちゃって……。このくらいの年齢が一番かわいいかったなあ」

かぎ尻尾なのか、先端が少し曲がった尻尾をぴんと垂直に立て、再び愛《いと》おしそうに雅尾を見つめる。弟妹の幼い頃を思い出しているらしい。撫でたくてうずうずしているようだが、他人の子どもを勝手に触らないあたり、ますます好感が持てる。

雅尾が恐がらない理由も何となくわかるような気がする。彼は黒瀬を見てびくついたりしていない。大抵の男は、強面の黒瀬を一目見るなり怯《おび》えたような顔をするものなのに。

「……ん？　弟と妹が中学生？」

そこで違和感に気づき、黒瀬は思わず声を上げた。弟妹が中学生ということは、彼はそれより十歳上なわけで、少なくとも二十二歳以上になる。

「え？　あ、はい。弟たちはこの春から中学三年生ですけど……」

そのとき、ふわりと風が吹き、すっかり忘れられていた地面の紙たちが一斉に舞い上がった。

「ああ、チラシが……」

彼は慌てた様子で地面に散らばった紙を拾いはじめた。黒瀬も手伝おうと雅尾を下ろし、足元にあるその紙を拾う。勝手に内容を見ては悪いとは思いつつ、しかし大きくプリントされた文字にはどうしても目が行ってしまう。

「料理教室？」

手にした紙には、料理教室の初心者向けコースを新設したため、受講者募集中だという誘い文句が書かれていた。

黒瀬が拾い集めたチラシを受け取って、彼が頷いた。

「ありがとうございます。……そうなんです。僕、そこの料理教室の講師をしてまして……。あっ、自己紹介がまだでしたね。キトゥン・キッチンの三ヶ島環《みけじまたまき》と申します。初心者コースを担当しています」

彼が指差したほうを見ると、確かにガラス張りのビルの一階にキッチンスタジオのようなスペースがあって、看板には『Kitten《キトゥン》 kitchen《キッチン》』とある。

「俺は黒瀬だ。こっちは息子の雅尾。……こんなところに料理教室なんてあったんだな」

四年近く住んでいて、まったく知らなかった。

「パパ、りょーりきょおしつってなぁに?」

雅尾が不思議そうに首を傾げ、訊いた。

「料理を習うところだ」

簡潔に黒瀬は答えた。だが、それだけではよくわからなかったらしく、雅尾は「ふうん」と首を傾げながら判然《はんぜん》としない顔をしている。そこへ、環がしゃがみ込んで雅尾と目の高さを合わせると、付け加えるように言った。

「僕が先生になって、みんなにお料理を教えてるんだよ。カレーとかハンバーグとか、誰もが美味しく作れるようにね」

そう説明しても、食に鈍感な、いや、それどころか食事を厭《いと》う雅尾はきっと興味を示さないだろう。黒瀬はそう思っていたのだが、しかし予想していた反応と違って、雅尾は細長い尻尾をぶんぶんと大きく左右に振り回し、鼻息を荒くしながら、訊いた。

「じゃあぼくもおいしいおりょうり、つくれるようになる？」

雅尾がそんなことを言うのは意外だった。近頃は食事の時間が近づくたびに憂鬱《ゆううつ》そうにしていたのに。食事が嫌いな人間が、料理を教わることなどできるものか。そもそも包丁も持てない子どもが、料理を作れるはずがない。

無理だ、と黒瀬が言いかけたのを、環がすっと手で遮《さえぎ》って答えた。

「うん。教わったら誰でも作れるようになるよ。雅尾くんの場合はまだ少し小さいから、ひとりでは無理だけど、お父さんと一緒なら教室にも通えるよ」

「ほんと!?」

雅尾の目が、さらにキラキラと輝きだした。期待の籠《こ》もった目で見上げられ、黒瀬は返答に困る。

雅尾が食に興味を持ってくれるのは嬉しいが、安易に頷けるものではない。環は雅尾の偏食がどれほどのものか知らないのだ。作ったとしても、好きなものしか食べないのは目に見えている。

「パパ、ぼく、おりょうりきょうしつ、やってみたい」

黒瀬が何も言えずにいると、雅尾がズボンの裾を引きながら言った。

「……お前の好きなものばかりを作るわけじゃないんだぞ。嫌いなものも作らなきゃダメだ。しかも作ったらちゃんと食べなきゃいけない。それでもいいのか？」

半ば脅すように言う。それを聞いて、雅尾の耳がぺたんと伏せられた。やはり嫌いなものは作らない心算《しんさん》でいたらしい。

「でもぼく……」

もじっと雅尾が身体を揺らし、まだ何か言いたげに唇を尖らせた。てっきりすぐに諦めると思ったのに、まだ粘るつもりのようだ。

「嫌いなものも食べられるか？」

再度黒瀬が問うと、雅尾は自信なさげに、それでもこくりと頷いた。そこまで言うのなら黒瀬も真剣に考えないでもないが、仕事と家事と育児に加えて料理教室に通っている暇などあるだろうかと少しばかり不安になる。それに、黒瀬はまったくと言っていいほど料理をしたことがない。いくら初心者向けコースと言っても、恥をかきそうだ。

しかしそのとき、環の一言に、黒瀬は背中を押された。

「嫌いなものが多いからこそ、自分で作ったほうがいいかもしれませんよ。頑張って作ったら、愛着が湧いて美味しく感じることもありますから。それで苦手な食べ物を克服《こくふく》することもありますし」

「そういうものなのか？」

半信半疑で訊いた黒瀬に、環が満面の笑みで頷く。

「はい！　僕も昔ピーマンが嫌いでしたけど、自分で青椒肉絲《チンジャオロースー》を作ってみたら、食べられるようになりましたから。経験談です」

「……まったく料理をしない俺でも、できるだろうか」

「もちろん！　むしろ大歓迎です！　初心者さんなら、僕が一から丁寧に教えますよ」

自分で作ろうなどと、今まで考えたこともなかった。だが、雅尾と一緒に作ったら、環の言うとおり雅尾も好き嫌いせずに食べてくれるようになるのではないか。そうすれば、今のこの惨状も打開できるかもしれない。悩みもストレスもなくなれば、仕事だって捗《はかど》る気がする。

光明《こうみょう》が、見えた気がした。

「入会についての詳しい説明を聞きたいんだが……」

黒瀬が言うと、環は尻尾をぶんぶん振り、集めたチラシをぎゅっと抱きしめて大きく頷いた。

「ありがとうございます！　ご案内します！」

教室のほうへ案内する環の背中を追いかけながら、黒瀬はいつの間にか家を出るまでの憂鬱《ゆううつ》な気持ちが霧散《むさん》していることに気がついた。

不思議な青年だな、と思う。人見知りの雅尾が恐がらなかったばかりではなく、彼自身が黒瀬のことも恐がらなかったし、何より、彼の言葉ひとつひとつが、ほんのりと温かい。出会ったばかりだというのに、この人ならば、自分のことをわかってくれるのでは、という淡い期待を抱きそうになるほどに。

とんだ人たらしだな、と黒瀬はひっそりと笑った。

「ん？　何かおっしゃいました？」

微かな空気の揺れを感じたのか、環が振り返った。「何でもない」と返した黒瀬の太く長い尻尾は、随分久しぶりに上機嫌に天を向いていた。

＊＊＊ Side《サイド》 Tamaki《タマキ》 ＊＊＊

恐そうだけど、多分いい人だな、というのが、環が感じた黒瀬の第一印象だった。

環にぶつかって尻もちをついた小さな男の子を抱きかかえ、まずは怪我がないか即座に確かめてから、すぐに環に謝罪するあたり、子ども想《おも》いのいい父親だなというのが見て取れる。

ネコ科の大型種の親子、だろうか。体格のよさと黒い耳と尻尾、浅黒い肌からして、おそらく黒豹かジャガーだろう。ひと回り小さなイエネコの自分としては、本能的に少しだけ委縮《いしゅく》してしまうが、いろいろな人を相手に講師をやっているぶん、人付き合いには慣れている。種族だけで人の性格は測れないことも、十分に理解しているつもりだ。

一呼吸で身体から緊張を取り除き、環が微笑むと、彼は観察するようにじっと環を見つめてきた。

この視線にも、慣れている。

生まれてから今まで、珍しいこの毛色のせいで嫌でも注目を集めてきた。芸能界から声がかかったこともあったし、養子に迎えたいという申し出も何度もあった。そのたびに両親が跳《は》ねのけていたが、子どもの頃はなぜ自分がそんなにも注目されるのか、わからなかった。

ちやほやされるのならいいことじゃないかと半分調子に乗っていた時期もあったが、高校に入った頃から、両親が険しい顔で群がる人たちを追い払っていた理由が理解できるようになった。

自分に群がっていたあの連中は、環を欲しがっていたのではなく、三毛猫の男という希少な毛色を欲しがっていたのだ。環の人格などどうでもよく、ただの珍獣として扱われていただけだった。

さらに成長したあとは、環の人格をきちんと見て付き合ってくれる人もいるとわかり、幸いにもこの毛色をコンプレックスには思わないようになったが、今でもたまに不躾《ぶしつけ》に見つめられると、あの頃の苦い思い出が蘇ってしまうことがある。

しかし、「あの……」と環が苦笑すると、彼ははっとして好奇心の宿った視線をすぐさま切った。それ以降は環の毛色について気にする様子もなく、環の最初の勘《かん》は当たっていたようだった。

恐そうだけど、いい人。そしてよく見ると、モデルのような整った顔をしている。稀《まれ》に見る美形で、もちろんその息子も、超がつくほどの美男児だ。

だからというのもあるが、その男の子が料理教室に興味を示したとき、環は思わずいつもより強引に彼らを勧誘してしまった。

――まさか、本当に入会してくれるとは思わなかったけれど。

環の勧めるキトゥン・キッチンのエントランスにある応接セットで向かい合い、環は黒瀬と名乗った男に初心者向けコースの講習内容について詳しく説明することにした。

アレルギーがないことを確認したあと、事務員の菅井《すがい》に紅茶とりんごジュースを用意してもらい、ついでに今朝環が作ったクッキーも持ってきてもらう。

環が黒瀬に説明するあいた、息子の雅尾は物珍しげにきょろきょろと周囲を見回していた。そしてそれに飽きると、目の前に出されたりんごジュースに恐る恐る口をつける。

「よかったらクッキーも食べてね。僕が作ったんだ」

環が言うと、「せんせいが？」とキラキラした目で見つめてきた。

「うん。僕、お菓子作りも得意なんだ」

「教室では菓子作りも教えているのか？」

黒瀬に訊かれ、環は「受講者さんから要望があれば、ですけどね」と頷く。

講習の内容はある程度決めてはいるが、基本的には受講者の作りたいものを作るというのを環の受け持つ初心者コースの特色にしたいと思っている。同じ枠の受講者同士が話し合って次の週の料理を決め、それに合わせて食材を用意しておくという方針にすれば、受講者のモチベーションも保たれるのではないかという環の案だ。これにはオーナーでありキトゥン・キッチンの統括講師、茶古《ちゃこ》も賛成してくれている。

ただ、まだコースを始めて一ヶ月ほどしか経っておらず、十分な手応えがあるわけではないので、今後変わる可能性もあった。

「これ、おいしい！　ぼくもクッキーつくってみたいなあ」

いただきます、と行儀《ぎょうぎ》よく手を合わせたあと、環の作ったクッキーを食べて、雅尾が感嘆の声を上げた。

「よかった。雅尾くん、それ、何でできてると思う？」

雅尾が食べたのは、ほんのりオレンジ色のついた猫型のクッキーだった。ほかにも、薄緑や黄色があって、それらすべてに違う食材が練り込まれている。

「わかんない」と首を傾げた雅尾に代わって、黒瀬が「まさか」と自分もひとつ口に放り込む。そして、驚いたように目を見開いた。

「……にんじんか」

「正解です。こっちはほうれん草、こっちはかぼちゃです」

「ええっ？」

雅尾もびっくりしたと言わんばかりに目を真ん丸にし、次はほうれん草のクッキーに手を伸ばした。

「雅尾、食べられるのか？」

黒瀬が意外そうに訊く。

「うーん、わかんないけど、こっちのにんじんのはおいしかったから、これもたべてみたいなって……」

そして、恐る恐るといったふうに一口齧《かじ》り、ごくんと飲み込んだあと、「おいしい！」と尻尾だけでなく足をバタバタ動かして、全身で喜びを表現した。それからは安心したようにかぼちゃのクッキーも躊躇《ちゅうちょ》なく食べはじめる。

「嘘だろ……」

そうつぶやいたかと思えば、黒瀬は手で顔を覆い、はあ、と大きくため息をつく。

息子が野菜クッキーを食べただけでこんなふうになるなんて、一体どういうことだろう、と環は疑問に思って事情を訊くことにした。

「どうかされましたか？」

「いや、ちょっと肩の力が抜けて……。安心したというか」

「安心？」

「雅尾は野菜ジュースすら拒むほどの野菜嫌いなんだ。だから、こんなふうに美味しそうに野菜が入ったものを食べてくれるなんて、嬉しくて」

好き嫌いがあるとは聞いていたが、どうやら雅尾の偏食は相当なもののようだ。

「ほかに食べられないものはありますか？」

環が訊くと、黒瀬はふっと自嘲《じちょう》するように笑って、答えた。

「むしろ食べられるもののほうが少ない。焼いた肉と、ハンバーグ、グラタンのマカロニだけ、コーンスープ、まあ、あとはフライドポテトと白米くらいか」

それを聞いて、環はぎょっとした。明らかに栄養が偏《かたよ》りすぎている。ビタミンがほとんど摂《と》れていないばかりか、ミネラルも食物繊維もほぼ入っていない。これでは発育不足になりかねないし、いずれ生活習慣病にも罹《かか》ってしまう。

「雅尾くんは今何歳ですか？」

「先月三歳になったばかりだ」

「……ちょっと失礼しますね」

環は黒瀬に断ったあと、雅尾を抱っこして膝に乗せた。

――明らかに、軽い。

三歳児ならば十キロはあっていいはずだが、身長が高いわりに雅尾は心配になるほど軽い。しかも、環らイエネコ種とは違って、黒豹のような大型種は子どもの頃からほかの猫種よりひと回りは大きいはずなのに、おそらくイエネコ種の平均以下だ。

「雅尾くん、偏食に加えて小食でもありますか？」

「そうだな。嫌いなものが多すぎて、食事自体あまり摂りたがらない。何とかしようといろいろ試してはみたんだが、なかなか治らなくてな。……雅尾には俺しかいないのに、父親失格だ」

だから先程、雅尾が野菜クッキーを食べたとき、大袈裟《おおげさ》すぎるほど喜んでいたのか。

予想していたとおりシングルファザーのようだが、こんな顔をするということは、少なくとも黒瀬は父親としての責務を全《まっと》うしようと努力しているに違いなかった。父親失格だなど、とんでもない。

「そんなことはありませんよ。子どもの偏食はよくあることです。黒瀬さんが心配されるのもわかりますが、父親失格ということは絶対にありません」

ね、と雅尾に訊くと、雅尾はわかったのかわかっていないのか、ね、と環と同じように首を傾けて微笑んだ。そしてまた、クッキーが食べたいとテーブルに手を伸ばす。

「雅尾くん、お腹空《す》いてるんですか？」

「ああ、実は雅尾が食べるのを嫌がって、まだ昼を食べてないんだ。ファミレスにでも行こうかと思ってたんだが……」

雅尾の体重ばかりに気を取られていたが、よく見ると黒瀬自身もやつれているようだった。浅黒い肌のせいか、顔色の悪さに気づかなかった。

育児疲れが出ているのだろうかと環は心配になった。三歳児は、見た目こそかわいいがそのぶん怪獣みたいなところがあって、扱うのが難しい。環も弟妹がこの歳の頃、手を焼かされた記憶がある。

何かアドバイスができればと思うが、他人の自分が口を出していいものかわからない。

環がぐるぐると考えていると、ぐうう、と盛大に腹の虫が鳴くのが聞こえた。誰かと思えば黒瀬で、彼は気まずそうに片手で腹を押さえ、渋い顔で唇を引き結んでいる。一見不機嫌そうだが、恥ずかしがっているのだというのが何となくわかった。

瞬間的に、かわいい、という言葉が頭をよぎり、環は顔がにやけるのを止められなかった。ぱちりと目が合い、黒瀬の眉間にますます深いしわが刻まれていく。

馬鹿にしたと勘違いされたらまずい。環は咄嗟《とっさ》に「じゃあ」と口を開いていた。

「ちょうどスタジオも空いていますし、よければ体験入学ということで、お時間があれば、お昼ご飯、一緒に作ってみませんか？」

「いいのか？　エプロンの準備も何もないが……」

黒瀬が遠慮がちに訊き、それに環が「大丈夫ですよ」と答える。

「貸出用のものがありますし、材料も揃ってますから。それに、実は僕もお昼がまだで、これから作ろうと思ってたところなんですよね。ご一緒していただけたら嬉しいなって思ったんですが……」

黒瀬の負担にならないように言うと、膝の上の雅尾のほうが先に「やる！」と元気よく返事をして床に飛び降りた。

「ぼく、おりょうりするのはじめて！」

「そっか。じゃあ僕も張り切って教えないとね」

雅尾がやる気なら、自分もやらないわけにはいかないと思ったようで、黒瀬も苦笑しながら「じゃあ、お願いできるか？」とソファから立ち上がる。

「パパとぼく、どっちがじょうずかな？」

わくわく、とオノマトペが聞こえてきそうなほどはしゃいだ顔で雅尾が訊いた。それに大人げなく「俺だな」と答え、黒瀬は雅尾を抱き上げた。

微笑ましい親子だ。

料理教室の講師になってから、何人もの親子を見てきたが、皆愛情に溢れ、幸せそうな顔をしていて、環はたびたびその眩しさから目を逸《そ》らしたくなる。

環の身体は、子どもをつくる機能が欠如している。三毛猫の男というのは、言わば遺伝子の性染色体異常で、本来ならば生まれない個体だ。そのため繁殖能力がなく、子どもをつくることができない。

それを知った当初は、特に子どもに対しての憧れはなかったため、残念だとも思っていなかったが、大人になって周りが家庭を持つようになってからは、少しだけ劣等感に苛《さいな》まれることもあった。

歳の離れた弟妹の世話をしていたこともあり、子どもの世話をするのは好きだ。だが、自分の子を持つことができないとなれば、そんな自分と結婚したがる人間が現れるとも思えず、いつの間にか環は恋愛に対してすら奥手《おくて》になっていた。

ここ数年は恋人もつくらず、きっと自分は生涯独身を貫くのだろうな、という諦観《ていかん》めいた感情が環の周りをぐるぐると漂っている。

手に入らないとわかればますます羨ましくなるものだが、しかし環の場合は卑屈《ひくつ》になるのではなく、だったらそのぶん他人の子どもをかわいがろうというポジティヴな方向に向かったのは幸いだった。

　それでも、たまにこうして心に影が差すこともあるが、それは目の前にいる親子が羨望《せんぼう》を感じるくらい幸せそうだからだ。黒瀬親子もそうだ。ふたりのあいだに愛があるからこそ、羨ましい。環の嫉妬は、幸せのバロメーターでもある。

「手を洗ったら、こちらのエプロンをつけてくださいね」

　二階にあるキッチンスタジオにふたりを案内し、環は大人用と子ども用のエプロンをそれぞれ用意した。

「すごい！　おっきいねえ」

　学校の教室ほどの広さのスタジオには、六つの調理台が並んでいて、そのうちの三台は子どもでも使えるようにと低めになっている。だが、やはり三歳の雅尾には少し高く、環は踏み台をセットしてから、食材置き場へと向かった。

「さて、何を作ろうかな」

　講習用のものや、余程特別で高級なものでなければ、講師は研究と称して食材を自由に使っていいことになっている。朝昼晩とスタジオで食べて食費を浮かそうとする講師もいるが、茶古はまったく気に留めず、福利厚生《ふくりこうせい》のうちだと笑っている。心の広いオーナー様だ。

　にんじん、じゃがいも、たまねぎ、それから今が旬《しゅん》のアスパラ、春キャベツ、ぜんまい、たけのこ――。

肉は牛肉の細切れ、豚ロース、鶏むね肉、それから合《あ》い挽《び》き肉が多めにある。

雅尾がどれを食べられるかわからないが、フライドポテトは食べると言っていたから、じゃがいもは必須だ。お腹も空いているだろうから、短時間でパパッと作れるもののほうがいい。

ドライカレーとコールスローサラダならいけそうだ、と環は即座に思いつき、振り返って真剣に手を洗っている雅尾に訊いた。

「雅尾くん、ドライカレー作ってみない？」

「どらいかれー？」

「カレーのお友達だよ。でもカレーと違ってお汁《しる》が少ないんだ。雅尾くんにいっぱい手伝ってもらうことになるから大変だけど、どう？」

あえて、難しそうに言う。料理教室に通いたいと自分で決めた雅尾はきっと、チャレンジ精神旺盛《おうせい》な子に違いない。だからこそ、この手の挑発にはきっと乗ってくるという確信があった。

「つくる！」

案の定、雅尾は小さな頭をぶんぶん上下に振り、頷いた。

「雅尾、お前カレー食べられるのか？」

黒瀬が怪訝《けげん》そうに訊く。

「カレーもダメなんですか？」

大抵の子どもはカレーが好きだ。環の弟妹も大好きで、よく作ってとねだられたものだが、カレーが食べられない子を見るのは初めてだ。

「ああ。野菜がゴロゴロ入っているし、煮込んだ肉も食べないんだ。臭《くさ》みがあるとかで……」

「でも、ハンバーグは食べられるんですよね？　だったら材料はほとんど同じですし、大丈夫ですよ！　普通のカレーと違って、煮込むというより炒《いた》める感じなので」

「そうなのか？」

環の説明に、黒瀬は意外そうに目を瞬《まばた》いた。料理をしないだけあって、やはり調理方法には疎《うと》いらしい。

「雅尾くん、カレーの味は好き？」

環が訊くと、雅尾はこくりと頷いた。しかし、どこか不安げだ。

「カレーのあじはだいじょうぶなの。でも、ぼく、おやさいはイヤ。にがいし……」

子どもの偏食というのは、大体が初期に食べたものによるトラウマからくる。初めて食べたものが美味しくなかったり、大きすぎたり固かったりして子どもの口には食べづらかったりすると、次からは避けるようになるのだ。それが積み重なって、好き嫌いが生まれてしまう。

そのトラウマを掻き消すだけの体験をさせてあげれば、きっと雅尾の偏食も直るだろうと環は思う。

「でも、さっきお野菜のクッキーは食べられたよね。あれも苦かった？」

その質問に、雅尾はぶんぶんと首を横に振った。

「ううん！　あれはあまくておいしかった！」

クッキーの味を思い出したのか、にんまりと笑顔になって、ほっぺたを押さえる仕草をした雅尾に、ぎゅんっと胸の奥から何かが溢れ出しそうになる。

「か、かわいい……」

思わずつぶやいた環に、ふっと衣擦《きぬず》れのような音が降ってきて、音のほうを見ると、黒瀬が顔を逸らして笑っていた。ピクピクと耳が細かく震えていて、声を出したいのを我慢しているのが見て取れた。笑われたことに、かあっと環の顔が赤くなる。

「すみません、つい……」

謝ると、黒瀬は咳払いをひとつして、肩をすくめた。

「いや、わかるよ。俺もたまにそうなる」

逸らされた顔が再びこちらを向いたとき、もう笑顔は消えて元の真顔に戻っていた。強面の黒瀬は、一体どんな顔で笑うのだろうと気になっていたぶん、環はそれを少し残念に思う。そしてそのあとすぐに、残念がっている自分に驚いて小さく首を振った。

男の人相手に、笑顔が気になるというのはいささか妙な話だ。

「さて、じゃあドライカレーに取り掛かりますか」

気持ちを切り替えるようにパンッと手を打ち鳴らし、環は「はーい」と返事をする雅尾を連れて、調理台へと材料を運んだ。

「ドライカレーの材料は、牛と豚の合い挽き肉に、にんじん、たまねぎ、じゃがいもとカレー粉です。あとはにんにくとか生姜《しょうが》も風味付けに入れようかな」

環が言うと、「ええ～」とさっそく不満そうな雅尾の声が聞こえてくる。耳は伏せられ、尻尾もだらんと下を向いている。

「にんじんもたまねぎも、旬の今はとっても甘いんだよ」

「うそだあ」

ブーイングする雅尾を、黒瀬が「こら」と叱った。

「さっきクッキーを食べて甘くて美味しいって言ってたのは誰だ?」

「ぼく……」

揚げ足を取られて、雅尾がますますしゅんとする。垂《た》れていた尻尾は、所在なさげに下向きのまま力なく揺れはじめた。それが少し庇護欲《ひごよく》をそそり、環は「まあまあ」とふたりのあいだに入っていった。

「嘘かどうかは、できあがってからのお楽しみってことで。まずは雅尾くん、お父さんと一緒ににんじんの皮を剥いてみようか」

子ども用のピーラーを掲げ、黒瀬に目配せすると、黒瀬は真剣な顔で頷いてそれを受け取った。

「どうやるの?」

先程までしゅんとしていたのに、ピーラーに興味津々といったふうに、雅尾の尻尾は今は上向きで小刻みに振られている。

亜人の子どもはわかりやすくていい。耳や尻尾が感情のままに動くため、どんな気分なのか一瞬で理解できる。

大人になるにつれ、感情を他人に悟らせないようにとセーブする傾向にあり、社会人ともなれば、マナーとして接客中は上機嫌を装うべきとされている。環も講習中は常に尻尾に気を配っていて、忙しいときや疲れているときはそれを表に出さないようにするのが特に大変だった。

しかし今の環は、純粋にこの時間を楽しんでいるせいか、気をつけなくても尻尾は天井を向き、時折かぎ尻尾の先端がゆらゆら揺れる。

初対面だというのに、この親子の傍は居心地がいい。同じネコ科だからか、それとも異性ではないから変な緊張をしないで済むためか。だが、環にとってはどちらでもいいことだ。楽しければそれで。

「これはね、こうやってにんじんを手に持って……」

ピーラーの使い方を雅尾に教えていると、上のほうからもじっと強い視線を感じた。ちらりと顔を向けた先には、環の手元を険しい表情で見つめる黒瀬がいた。

子どもに刃物を持たせるなんて危ない、とでも思われているのだろうかと一瞬不安になったが、少し考えて、それは違うなと否定する。危ないと思うなら、黒瀬はすぐに言うはずだ。そもそも最初からピーラーを受け取ったりしないだろう。そこから辿り着く答えはひとつしかない。

「黒瀬さんもピーラーは初めてですか？」

環が訊くと、黒瀬はふっと息を吐いて顔の強張《こわば》りを解き、答えた。

「恥ずかしながら、使ったことはない」

やはり環の勘は当たっていたらしい。使い方を覚えようとして、力が入っていただけのようだ。

「だったら、雅尾くんと一緒に覚えなきゃですね」

励《はげ》ますようにぐっとこぶしを握って応援のポーズを取ると、黒瀬は不思議そうに、今度は環の瞳をじっと見つめる。

黒瀬の瞳は薄いグリーンアイで、雅尾と同じ色をしている。

親と同じ色というのは当たり前だと思われるかもしれないが、環の家はこれといった血統がなく先祖代々ミックスのため、弟は父親と同じブルー、妹は母親と同じヘーゼルで、環はと言えば曾祖父《そうそふ》と同じカッパーと呼ばれるオレンジ系だ。

瞳の雰囲気で、両親とも弟妹ともあまり似ていないと言われることが多い環にとって、一目で親子とわかる黒瀬たちはほんの少し羨ましい。ただ、毛色が黒一色の黒瀬と違って、雅尾の髪にはほんの少し黄色の斑模様が入っている。おそらく母親は黒豹ではないのだろう。そうなると、上位種のチーターやライオン、ピューマなどが考えられるが、家庭事情を勝手にあれこれ妄想《もうそう》するものではない、と環はごまかすようににっと笑みを深めて、自分を見つめる黒瀬に訊く。

「どうかしましたか？」

「ああ、いや。君は俺を見ても何とも思わないんだなと思って」

言われた瞬間、どきりとする。詮索《せんさく》していたことがばれたのだろうかと思って焦ったが、黒瀬の言いたいことは別のことのようだった。

「俺は、顔がこんなだから、よく恐いとか何を考えているのかわからないと忌避《きひ》されることが多くて」

「ああ」

環もはじめは恐そうだとは思った。だが、よく見れば男前で、感情もわかりやすいほうだ。人柄がわかりさえすれば、恐がるほどのものでもない。

「黒瀬さん、大柄ですから、僕みたいな小型のイエネコ種から見れば最初はちょっとビビッちゃいますよね」

「やっぱり……」

環も恐がっていたのか、と黒瀬の肩がほんの少し下がった。それを見て、環はぎゅっと唇を引き結んだ。甘酸っぱい衝動のようなものが、急に腹の底から湧きあがり、胸を締めつけたのだ。

まさか、自分が黒瀬をどう思うかを、そんなふうに気にするとは思わなかった。確かに恐そうな見た目だし、自分の我《が》を突きとおしそうなタイプだなとは思っていた。他人なんてまるで気にせず、関心もなさそうだと、知らず知らずのうちに決めつけていたと環は悟った。

それなのに、環に恐いと思われただけで、そんなふうに落ち込む姿を見せられれば、そのギャップに環がうっかりきゅんとしてしまうのも、仕方のないことだと思う。

見た目に反して、黒瀬の性格はきっと穏やかで、やさしくて、そしてかわいい。環の直感は、そう告げている。

「でも、ちょっとお話しした今はそんなふうに思ってませんよ。雅尾くん想いの、やさしいお父さんです」

環が言うと、黒瀬は口をすぼめ、「ならよかった」と尻尾の先を揺らした。照れ笑いを必死に抑えているらしい。

ピーラーでにんじんの皮を剥いたその次は、じゃがいもの皮剥きだ。ピーラーを使うのが楽しくなったのか、雅尾がひとりでじゃがいもの皮を剥きはじめたので、注意しつつ、環は黒瀬に向き直った。

「黒瀬さんは包丁でやりましょうか」

どの程度使えるのか見ておきたかったので、万能包丁とじゃがいもを手渡し、環は黒瀬の様子を窺《うかが》った。すると、緊張のためカチコチに身体を硬くして、黒瀬は縋《すが》るような視線を環に向けてきた。じゃがいもを剥いたこともないらしい。

だが、それは別に恥ずかしがることでも何でもない。

環は何も言わずに自分もじゃがいもを持ち、黒瀬の前でするすると皮を剥いていった。

「これは新じゃがで皮が薄いので、それほど厚く剥かなくてもいいんですよ。芽や緑っぽいところはソラニンという毒素が含まれているので、取り除くようにしてください」

環の手元を観察しながら、黒瀬は慎重な手つきで、そっと包丁をじゃがいもに刺し入れた。

「あっ」

だが、思ったより深く刃が刺さって、思うように進まない。

結局何分も時間をかけてできあがったのは、環のものよりひと回り小さく、でこぼこした不格好《ぶかっこう》なじゃがいもだった。

いかにも完璧そうで、何でもそつなくこなしそうな人なのに、手先は案外不器用で、しかし真面目すぎるほど真面目に取り組むその姿勢に、環は微笑ましくなって思わず頬を緩めた。

「……食材の大部分を無駄にしてしまった」

手のひらのじゃがいもを見つめて、黒瀬が落ち込んだ声を出した。

「誰でも最初はそんなものです」と環がフォローしたものの、雅尾が子ども特有の無邪気さで、「パパのへんなかたち」と追い打ちをかけ、黒瀬の表情はどんどん曇っていく。

しかも、雅尾のほうのじゃがいもは、ピーラーで剥いたのもあって環のものとそう変わらない出来だったのが、さらに黒瀬を落ち込ませた。

「俺は子ども以下か……」

「だからこその練習です！　大丈夫。僕が教えるので。それより今は、雅尾くんを褒めてあげましょう。ねっ？」

「それもそうだな。あっという間にピーラーの使い方を覚えてしまったしな」

すごいぞ、と黒瀬が雅尾を褒めると、雅尾は得意げに鼻から息を吐き、胸を張った。この調子なら、雅尾は料理を好きになってくれそうだと、環もほっと息をつく。

この次は、難所のみじん切りだ。特にたまねぎは、硫化《りゅうか》アリルのせいで泣くことになるはずなので、雅尾が泣き出してもいいように心構えをしておかなくてはならない。

「じゃあ、お野菜を切ってみようか。雅尾くんはこの子ども用の包丁を使おうね。刃物はとっても危ないので、今日は僕と一緒にやってみよう」

セラミックでできた小さくて軽い包丁を雅尾に握らせ、その上から環もそっと包丁を握る。

小さい手でたまねぎを押さえ、力を入れて刃を入れていく。トンッと小気味いい音がして、たまねぎがふたつに割れたとき、雅尾は嬉しそうに振り返って環を見た。

「たのしい！」

しかしはしゃいでいたのは最初の数秒だけで、そのあとは予想していたとおりたまねぎから出る硫化アリルに涙腺をやられ、ぐずぐずと泣き出した。

ここからは、黒瀬の出番だ。

隣で見守っていた黒瀬も目を赤くしていたが、鼻をすすったあと、雅尾に代わって包丁を握る。獲物を狙うかのようにキッとたまねぎを睨みつけ、環の手本どおりにゆっくりと刃先を入れていく。あまりの真剣さに、環もぐっと息を堪えた。

タンッタンッタンッと、黒瀬が包丁を動かすたびに、たまねぎがバラバラとまな板の上に散らばっていく。

粗《あら》く大きな欠片《かけら》だったが、すべてを切り終わったあと、まるで大きな仕事を成し遂げたかのように、三人が顔を見合わせて、はあっと息をついた。

「パパ、すごいね！　ぼく、ないちゃったのに……」

雅尾に称賛され、黒瀬の口元の緊張が解けて緩んだ。おかげでこれからはもう少し、肩の力を抜いて作業ができそうだ。

続いてにんじんとじゃがいもも同じようにみじん切りにし、まずはたまねぎをフライパンで炒めていく。雅尾は父親に張り合ってなのか、今度こそ泣くのを我慢して、黒瀬と一緒にたまねぎの色が変わっていくのを興味深そうに観察した。その横顔は瓜《うり》ふたつで、環はそれに癒されながら隣で春キャベツを刻む。

「せんせいはなにをつくってるの?」

「コールスローサラダだよ。春キャベツととうもろこしが入ってる」

「キャベツ……」

嫌そうに、雅尾が唇を尖らせた。

「春のキャベツはとびきりやわらかくて甘いんだよ。僕は好きだから、雅尾くんにも好きになってほしいなあ」

「うーん」

半信半疑で、雅尾は首を傾げた。

「無理にとは言わないけど……」

強要はよくないな、と環が身を引こうとしたとき、ぼそりと、黒瀬がつぶやいた。

「……俺も好きだけどな、春キャベツ」

「ほんと?」

「ああ」

頷いて、ちらりと黒瀬が環に目配せした。きっと、環の話に乗ってくれたのだろう。ふたりが好きと言えば、雅尾も食べたくなるかもしれない。

すると案の定、雅尾が言った。

「……ちょっとだけなら、たべてもいいよ」

「本当？　そうしてくれると僕も嬉しいな」

それから、環がコールスローサラダを作っているあいだ、黒瀬と雅尾はにんじんとじゃがいも、さらに挽き肉を追加して色が変わるまで炒め、環の作業が終わったあと、いよいよ味付けに入っていった。

いったん火を止め、細かく刻んだ市販のカレールーをフライパンに入れて混ぜ合わせ、再び火を点《っ》けて水分がなくなるまで炒めたら完成だ。

「よし、できあがり！」

カレーのいい匂いを吸い込んで環が言うと、雅尾はパチパチと盛大な拍手を送り、一方の黒瀬は、拍子抜けしたように目を瞬いた。

「たったこれだけで終わりなのか？」

「そうですよ」

あまりに簡単すぎただろうか。だが、黒瀬はじっとできあがったドライカレーを見つめてから、「そうか、終わりか」と噛みしめるようにもう一度言った。

炊いてあったごはんを黒瀬が皿によそい、ドライカレーを雅尾がかける。少しはみ出したりして不格好だが、それもまた手作り感があっていい。

環はコールスローサラダを小鉢に盛りつけ、スタジオの隅のテーブルに移動した。二階のこのスタジオからは、ちょうど桜並木が見えて、お花見にちょうどいい。

「いい眺めだな」

テーブルの角を挟んで環の右斜め前に座った黒瀬が言った。その隣には、雅尾が座る。できあがったドライカレーをまじまじと眺めて、雅尾は警戒するように耳をぴんとそばだてた。

「いただきます」

三人分の声が、誰もいないのどかなスタジオに響いた。

本当に食べられるのだろうかと、黒瀬が不安げに見守る中、スプーンでドライカレーを掬《すく》い、雅尾が恐る恐る口に入れる。そして次の瞬間。

「……ほんとだ、あまい」

雅尾が大きな目を瞬かせて、それからぱっと笑顔になった。

「パパ、カレー、おいしいよ！　ちっともにがくない」

食べて食べてと促され、黒瀬も急いでスプーンを口に入れる。そして、その数秒後。

「本当だ。美味しい」

環はとすっと何かが胸に刺さるのを感じた。

気になっていた黒瀬の笑顔が、ようやく見られた瞬間だった。


コールスローサラダも、マヨネーズに少しはちみつを加えたおかげか、雅尾はお気に召したようで、一皿ぺろりと平らげた。

珍しくお腹がいっぱいになるまで食べたせいか、環と黒瀬が片付けをしているあいだに椅子の上でこてんと丸くなり、ぐっすりと寝入ってしまった。

「それじゃあ、来週からお待ちしてますね」

雅尾を抱いた黒瀬をエントランスまで見送りに出て、環は名残惜しさを感じながら微笑んだ。

「今日は本当にありがとう。おかげで雅尾の偏食を治す糸口が見つかった」

「いえ。僕の力じゃなくて、黒瀬さんが頑張ったからですよ。それが雅尾くんにも伝わったんだと思います」

安心しきって黒瀬の腕の中で眠っている雅尾を見て、環は言った。

「そうだといいんだが」

念を押すように環が言うと、黒瀬がはっと笑った。

「そうですよ」

「……君は、不思議な人だな。初めて会ったのに、こんなに気を許せるなんて。俺も、雅尾も」

言い置いて、それじゃあ、と黒瀬は背を向けて、去っていく。

いつもなら、受講者が帰るのを、こんなにも残念に思うことはない。黒瀬とはもう少し、話していたい。

だが、それは無理な話だ。これから夕方の講習の準備があるし、黒瀬にも都合があるだろう。

でも、それでも、と環は衝動に任せて、「あのっ」と黒瀬を呼び留めた。薄緑色の瞳が振り返り、環を見つめる。

「あの、えっと……僕、弟たちと歳が離れててよく面倒見てましたし、同じネコ科なので、子育てのことなら力になれると思うんです。だから、僕でよければ、頼ってくださいね」

まさか会って間もない人間に、そんなことを言われるとは思ってもいなかったのだろう。

黒瀬はきゅっと瞳孔を引き絞り、それから理解できない単語を聞いたように、しばらく考え込んでいた。

そしてそれが環の親切だとわかると、どう答えていいか迷うように、視線が宙を彷徨《さまよ》った。

おせっかいだと思われただろうか。他人様の家庭に首を突っ込むようなことを言ったのだから、それは当然だとは思うが、シングルファザーを過度に気遣っているように聞こえたのなら、不快だったかもしれない。

「やっぱり何でもないです」と、取り消す言葉が喉元まで出かかったとき、黒瀬が慎重な声で訊いた。

「いいのか？」

「え？　あ、はい。それはもちろん」

「それは、講師としてか？」

「それもありますけど、友人として……？」

歳も離れているし、あまりにもおこがましいだろうか。

「友達か」

「はい」

環が頷くと、黒瀬が踵《きびす》を返して戻ってきた。そしてスマートフォンを取りだしたかと思うと、困ったように環に訊いた。

「連絡先を教えてほしいんだが、LINK《リンク》の友達登録の仕方がわからない」

冗談かと思ったが、黒瀬はどうやら本気でわからないらしかった。今まで誰かと連絡先を交換したことがほとんどないらしい。スマートフォンを貸してもらって環が登録すると、友達一覧に載った環の名前を見て、黒瀬がきゅっと唇を引き結んだ。

さすがに何度も見れば、わかる。この表情をするとき、黒瀬はきっと照れているのだ。

「何かあったら、遠慮なく連絡してくださいね。待ってます」

「ああ」

今度こそ背を向けて、黒瀬はキトゥン・キッチンをあとにする。

環の気のせいでなければ、黒瀬のその後ろ姿は、どことなく幸せなオーラが滲み出ていた。

＊＊＊ Side《サイド》 Kurose《クロセ》 ＊＊＊

毎週日曜日と水曜日の午前十時三十分。

家から歩いて十分の場所にある、キトゥン・キッチンに通うことが黒瀬の日常に組み込まれてから、およそ一ヶ月が過ぎた。

あの日、雅尾が偶然環とぶつかってできた縁だったが、神に恵まれたなと黒瀬は思っている。何せ、あの好き嫌いの多い雅尾が、初めて野菜を美味しそうに完食したのだから。

しかも、やってみると案外料理というのは楽しいもので、環に教わったレシピに家でも挑戦して、ひとり（雅尾も一緒だが）でできたときは感動もひとしおだった。黒瀬が作ったものを雅尾は「せんせいのとあじがちがう」と言いつつも食べてくれたし、あれ以降、にんじんとたまねぎと春キャベツは雅尾の嫌いなもののリストからきれいに削除されたようだ。

できないからと敬遠《けいえん》していた過去の自分がもったいないと今では思う。特訓の甲斐《かい》あってか包丁の使い方も幾分かマシになり、じゃがいもも形よく剥けるようになった。

それに何より黒瀬にとって僥倖《ぎょうこう》だったのは、人生で初めてと言ってもいい、友人ができたことだった。

初めて会った日の帰り、環から声をかけられて連絡先を交換したときは、正直ただの社交辞令かと思ったのだが、家に着いたとき、ふとスマートフォンを見てみると、環から『よろしくお願いします』と猫のスタンプつきでメッセージが来ていた。

どう返すのが正解なのだろう。黒瀬は迷って、同じように『よろしくお願いします』とメッセージを送り返した。スタンプの使い方がよくわからなかったが、適当に画面をタップしていたら、にこにこと満面の笑みを浮かべた熊のスタンプを誤送してしまった。

それ以降、しばらくメッセージが既読《きどく》にならなくて、黒瀬は何か間違ったことをしてしまっただろうかと不安になった。仕事中もちらちらとスマートフォンをチェックしてしまうくらい気になって、後ろで遊んでいた雅尾に「どうしたの？」と心配されたほどだ。

しかし四時間ほど経ったあと、ピコンッと環からのメッセージが届いたことを告げる音が鳴り、黒瀬はバッと飛びつくようにスマートフォンを手に取った。

『今日はありがとうございました！　今仕事が終わって家に帰るところです。熊かわいいですね。好きなんですか？』

何でもない、至極《しごく》ありきたりな普通の会話だ。

だが、それを見たときの気持ちは、どう表現したらいいかわからなかった。胸の奥でむずむずとしたものが湧きあがり、しばらくするとバタバタと暴れ出す。思わずにんまりと笑ってしまう口角を引き締めながら、黒瀬は返事を送ることにした。

『こちらこそ今日はありがとう。お疲れ様。熊は間違って送ってしまった。別に好きでも嫌いでもない』

そう打ち込んで、これでは短すぎるだろうか、それとも一般的だろうかと急に不安になった。黒瀬はパソコンでインターネットのブラウザを立ち上げ、慌てて『LINK　メッセージ　適度な長さ』と検索した。その結果、余程長文でなければいいということと、絵文字を使いすぎるのはおじさん臭いということを学んだ。

自分の打った文字が大丈夫そうだと何度も確認し、黒瀬は十分かかってようやく返信ボタンをタップする。だが、送った直後、あの文面では素っ気なさすぎたのではないかという不安がまた胸に飛来した。

せっかくできた友人を、できれば不快にさせたくない。

今までの黒瀬だったら、他人からどう思われようと、気にしなかった。いや、気にしないようにしてきた。

どうせ恐がって、それを乗り越えたとしても、勝手に落胆《らくたん》して去っていくのだろう。元妻がそうだった。言葉にしてもいないのに、期待どおりにこちらが動かないと、あれこれ勝手に決めつけて、一方的に離婚届を突きつけてきた。人間なんてそんなものだ。

だが、環に対しては、心の奥のほうで、何かがそわっと動くのだ。

自分と雅尾の恩人でもあるからだろうか。あのオレンジ色の瞳を、できれば長いあいだ眺めていたい。その瞳が落胆に沈むのを、どうでもいいとは思わない。自分たちを救ってくれたように、黒瀬も彼に何かできればと思うのだ。

だからこそ、こんなにも環へのメッセージひとつに慎重になる。

ごくりと息を呑んで画面を見つめていると、黒瀬の送ったメッセージに既読がついた。

そしてすぐに、爆笑している猫のスタンプが送られてくる。

『黒瀬さんって意外とおっちょこちょいですよね』

「おっちょこちょい？」

思わず口に出して復唱してしまった。おっちょこちょいなんて、人生で一度も言われたことがない。

「おっちょことい！」

雅尾も復唱し、それから首を傾げた。

「おっちょこといってなに？」

「おっちょこちょい、な。あわてんぼうでよくミスをするってことだ」

「ふうん」

「三ヶ島先生が、俺のことをおっちょこちょいって言うんだ。どう思う、雅尾」

質問すると、雅尾はそんなことよりも、初めて聞く単語の語呂《ごろ》が気に入ったようで、何度も「おっちょこちょい」をくり返しはじめた。雅尾に訊いても仕方ないか、と黒瀬は苦笑してスマートフォンに向き直った。

『初めて言われた。三ヶ島先生は』

と、そこまで打ったところで、環から新しいメッセージが届いた。それに驚いて、間違えて送信ボタンをタップしてしまった。

『今度の日曜日、楽しみにしてますね。雅尾くんにもよろしくお伝えください』

『初めて言われた。三ヶ島先生は』

メッセージがそう並び、おかしな意味になってしまった。あたふたと文字を打ち直していると、また環からメッセージが来る。

『三ヶ島じゃなくて、環でいいですよ！　みんなから環先生って呼ばれてるので』

いきなり下の名前で呼んでもいいものなのだろうか、と黒瀬はどきりとした。だが、みんなからそう呼ばれていると言われると、自分だけ頑《かたく》なに苗字で呼ぶのも違う気がする。

「……環先生」

声に出してみると、何だか急に親しくなったようで落ち着かなかった。

それから三往復ほどして、「またね」のスタンプが来て、それから環のメッセージが止まった。それを寂しく思いながら、黒瀬は椅子から立ち上がって雅尾を振り返った。

「夕飯何にする？」

「またドライカレーたべたい。パパ、つくれる？」

雅尾が言って、ひしっと黒瀬の足にしがみついた。そんなふうにかわいらしくおねだりされたら、できないとは言えなかった。

「よし、じゃあ材料を買いにスーパーに行こうか」

雅尾を抱き上げて、上機嫌に尻尾を揺らす。

「パパ、なんだかごきげんだね」

「ああ、ちょっとな」

雅尾が食べられるものをリクエストしてくれたことも、環からのメッセージも、嬉しいことだらけだ。

その日以降、料理教室がある前日には環からメッセージが来るようになり、黒瀬からもメッセージを送ることにだんだんと躊躇はなくなっていった。

料理教室のほうも、若い女性の受講者ばかりの中で、男であり上位種の黒瀬ははじめこそ恐がられ浮いていたが、雅尾と環のおかげか二週目にはどうにか溶け込めて、ほかの受講者たちと必要最低限な会話は交わせるようになった（ただ、まだまだ他人行儀さは抜けきらず、担当編集や仕事の相手くらいの距離感ではあるが……）。

そして、進歩はもうひとつ。

「環先生」

「はい、何ですか？」

LINKのメッセージだけではなく、現実に環を名前で呼べるようになったことだ。はじめは馴染《なじ》まず、戸惑いがちに動いていた口も、最近では何とか慣れてきた。むしろもっと呼びたいと思うほどで、それはきっと環が名前を呼ぶたびに笑顔で振り向いてくれるからだろう。

黒瀬は、環の笑顔が好きだ。癒し効果とでもいうのだろうか。環はほかの人にはない波長のオーラを纏《まと》っているような気がする。雅尾も見ていて癒されることはあるが、それとはまた別物だ。

友達付き合いとはこういうメリットもあるのか、と黒瀬はつくづく感心した。どうりで皆が友達をつくって群れているわけだと、齢《よわい》三十二にしてようやく実感する。

誰かと会うことがこんなにもウキウキすることだとは、知らなかった。

「今日の料理は中華だと聞いているが、辛《から》いものを子どもに食べさせても大丈夫なものなのか？」

黒瀬が質問すると、環は頷いて言った。

「麻婆豆腐《マーボードーフ》は辛いのと辛くないのと分けて作ろうかなって思ってます。豆板醤《トウバンジャン》の代わりに味噌《みそ》を使えば甘口になるんですよ」

「そうなのか」

「ぼく、からくてもだいじょうぶだよ」

つん、と澄ましたように雅尾がうそぶく。

「お前にはまだ早い」

「ええ～」

そのやり取りを見て、周囲の人がくすくすと笑った。決して嫌な笑いではなかったが、その中には雅尾と同じ年頃のウサギ種の女の子もいて、どうやら雅尾はその子に見栄《みえ》を張りたかったようだ。女の子に笑われたのを見て、雅尾がさっと顔を赤らめた。

頭ごなしに否定するのはよくなかったかと、黒瀬は少し申し訳ない気持ちになった。

「……まあ、味見くらいはしてみるか。食べたことがないから、食べられるかわからないしな」

黒瀬の助け舟に、雅尾がパッと顔を上げて「たべる！」と気合いを入れるようにこぶしを握る。

「辛いのが苦手な大人もいますからね。僕もどちらかというと甘口派ですし」

環がそうフォローして、パンッと手を叩いた。

「さて、それじゃあさっそく始めますか。まずは中華風コーンスープから！」

結論から言うと、雅尾は辛い麻婆豆腐を一口食べて拒絶した。舌先にピリピリと痺《しび》れるような痛みが走ったのか、見たこともないような渋面《じゅうめん》になったかと思うと、傍に置いてあった牛乳を一気飲みして一言。

「たべものじゃない……」

それを聞いて思わず、その場にいる誰もが噴き出した。

確かに、黒瀬が食べても額に汗をかくほどで、子どもには刺激が強すぎる。あまりの辛さに、見栄を張るのも諦めたようで、雅尾は辛くないほうの麻婆豆腐を幸せそうに食べはじめた。

それを眺めていると、斜め隣に座った環が、そっと黒瀬に耳打ちした。

「これで豆腐もネギも克服しましたね、雅尾くん」

「ああ。でも……」

ちらりと目の前に置かれた皿を見ると、青椒肉絲《チンジャオロースー》だけには手をつけていない。

「ピーマンは仕方ないかもしれませんね」

苦笑して、環が肩をすくめた。

「ピーマンの苦味はアルカロイドっていう成分なんですけど、それを子どもは毒だと感じるみたいです。大人になったら味覚も変わってくるので、それまではほかのもので栄養を補うようにすれば、無理に食べさせる必要もないと思います」

「いいのか？　それで」

好き嫌いはよくない。わがままに育ってしまうから、無理やりにでも克服させたほうがいいのではないかと黒瀬は焦っていた。実際、黒瀬は幼い頃、両親にそうやって躾《しつ》けられてきた。だが、環はそれはしなくていいと言う。

「まずは料理を美味しく食べてもらうことが第一ですからね。無理に食べさせて嫌いな印象が強くなれば、それこそ大人になっても食べられないままになるかもしれませんし」

「一理《いちり》あるな」

「でしょう？」

ふふっと、環がいたずらっぽく笑った拍子に吐息が当たり、黒瀬はぴくりと耳を震わせた。

「あっ、ごめんなさい」

「いや」

ただ距離が近くなっただけなのに、どうしてか胸がそわそわする。

友達というのはこんなふうにくすぐったい感情が湧きあがるものなのだろうか。自分があまりにも交友について幼稚《ようち》すぎて、黒瀬にはよくわからない。

環も、黒瀬と同じようにそわそわしたり、くすぐったく思ったりするのだろうか。訊いてみたくて、けれど直接訊けるはずもなく、黒瀬はふいに思いついて自分もふっと環の耳に息を吹きかけてみた。

びくりと環の身体が跳ね、驚きに目が見開かれる。さっと顔に赤みが差したのを見て、黒瀬は満足した。

「ははっ、お返しだ」

笑って言うと、ざわっと周囲の空気が揺れる気配がした。そして、ふたりを見ていた受講者のひとりが、ぽつりと言った。

「黒瀬さんって、笑うんですね」

「えっ？」

普段あまり笑わない仏頂面なのは自覚しているが、この教室では頻繁に笑っているつもりだった。環にも時折、「楽しそうですね」と指摘されていたこともあって、顔に出ているものだとばかり思っていた。

「クールな方だから、笑顔は見せない主義なのかと思ってました」

「そうそう。いつも環先生だけ笑ってて、ちぐはぐな感じだったんだけど……って、あ、ごめんなさい。悪い意味じゃなくて」

「いや、大丈夫だ」

ほかの人からはそういうふうに見えていたのか。自分的には友人として楽しげに会話をしているつもりだったのだが、仏頂面は直っていなかったらしい。

雅尾の偏食を治すのも必要だが、自分の仏頂面も直さないといけないのかもしれない、と黒瀬が眉間にしわを寄せていると、環が割り込んで、言った。

「黒瀬さんはいつも笑ってますよ。わかりにくいだけで。尻尾だっていつも上向きじゃないですか」

ほかの人と同じように、てっきり環にも笑っていないと言われるかと思っていた。

「パパ、ほうちょうもってるときは、しっぽさがってるよ？」

環の言葉を訂正するように雅尾が口を挟んだ。

「包丁を使ってるときは注意が必要ですからね。黒瀬さんはそれだけ真面目にやってるってことです。とても大事なことですよ」

確かに、集中しているときは尻尾の位置はどうしても低くなる。仕事中も大抵そうなっていて、元妻には「獲物を狙ってるみたいで恐い」と言われたことがあったのを思い出した。

しかし環は、それを「恐い」ではなく、「真面目」と言う。肯定されて、黒瀬はまた胸がそわそわと落ち着かなくなるのを感じた。

自分はあまり、褒められ慣れていないのだ。

昔から真面目で勉強も運動もよくできたが、両親からは当然だと言われ、褒められた記憶はほとんどない。友人もおらず、どちらかというと一方的にライバル視されることのほうが多く、称賛よりも妬みの声のほうがよく聞こえてきていた。

だから、肯定されることがこんなにも嬉しいとは思わなかった。

思わずパタパタと揺れた尻尾を指差して、環が言う。

「ほら、わかりやすいでしょう？」

ねっ、と至近距離で微笑まれ、何とも言えない衝動が、黒瀬の胸を突き上げる。

触れてみたい、とその衝動が言語化される前に、黒瀬の手は環の頬に伸びていた。

いきなり触れた手に、環が大きな目をパチパチと瞬かせた。

「黒瀬、さん……？」

名前を呼ばれ、はっとする。ごまかすように黒瀬は環の頬を軽くつねり、言う。

「恥ずかしいから、あまりばらさないでくれ」

大して痛くもないはずなのに、環は「いひゃい」と泣くふりをして、周りもそれにどっと笑った。

再び和《なご》やかな食事ムードが戻ってきて、環は講師らしく、ほかの受講者たちの話にも耳を傾けはじめた。

黒瀬も雅尾が食べるのを手伝いながら、しかしまだ胸の中がむず痒《がゆ》いような心地のままで、気づけば環を目で追ってしまう。

もっと自分に構ってほしい。会話をしてほしい。

そんな願望が自分の中で渦巻くのを、黒瀬は戸惑いながら感じていた。

まるで子どものようだ。だが、生まれて初めてのこの感情を、どうやって止めていいのか黒瀬は知らない。

黒瀬の料理のレパートリーが増えていくと、自然と雅尾の食べられる料理も増えていった。

焼いたり炒めたりした以外の肉も食べてくれるようになり、普通のカレーはもちろんのこと、肉じゃがやウインナーも今では大好物だ。野菜もだんだんと嫌いなものが減り、初めて食べるものでも一応は口にして、きちんと味を確かめるようになってくれた。

黒瀬が作る料理より、ファミレスや宅配の弁当のほうが余程味付けは完璧だと思うのに、雅尾はいつも黒瀬の作る料理のほうが美味しいと言ってくれる。自分も手伝って作っているからというのもあるだろうが、環に肯定されたときのように、雅尾にも父親として肯定されているようで、それを聞くといつも嬉しくなる。

料理など面倒なだけだと思っていたし、実際時間もかかるぶん大変だが、喜んでくれる人がいるからこそ、モチベーションが保たれるのだなと気づかされることも多い。

そしてそれを実感した今だからこそ、ほんの少し、黒瀬の中に罪悪感も生まれはじめていた。

自分は結婚していた頃、元妻の料理に感謝や美味しいという言葉を伝えていただろうか、と。

四年も一緒に暮らしてきて、最後の最後まで、何を考えているかわからないと言われたということは、つまり、彼女に黒瀬の意思がひとつも伝わっていなかったということだろう。

何も言わなくても夫婦なら伝わっているはずだというのは傲慢《ごうまん》だったのかもしれない。

ただ、黒瀬が今さら反省したところで、もう元鞘《もとさや》に戻るつもりはないし、向こうもきっとそうだろう。彼女の新しい恋人は、彼女を大切にしてくれる男だといい。

雅尾は近頃はあまり母親の話をしなくなった。

離婚直後は精神的に不安定で、夜泣きも頻繁《ひんぱん》だったが、今はお腹いっぱい食事を摂るおかげか眠りも深いらしく、夜中に飛び起きてあやすこともなくなった。

悩みの種《たね》もなくなり、そうなると黒瀬の仕事も順調で、本の翻訳だけでなく、コラムやニュースの翻訳も合間合間に入れられるようになった。

そんな折、とある本の翻訳依頼が舞い込んできた。著者は世界的に有名な児童書を書いた大人気フランス人作家で、その作家の新作小説を出版社が社運をかけて日本での出版権をもぎ取ってきたものらしい。

「黒瀬さん、本っっっ当に申し訳ないんですが、翻訳の締切、一ヶ月でお願いできませんか？　空いてる翻訳家さんで私が全幅の信頼を置いてるの、黒瀬さんくらいなんですよ……」

担当編集にそう言われ、黒瀬は少し返事に困った。

有名作家の著書なら、初版部数も多いだろうし、再版だってされるのだろう。売れればそのぶん黒瀬にも報酬が多く入ってくる。

だが、それだけ責任が伴う仕事でもあるのだ。なるべく精度の高いものに仕上げようと思うのなら、一ヶ月では短すぎる気がする。しかも、訊けば分量は分厚い文庫本程度だという。

専門書と違って、調べることは少なくて済むが、今入っている仕事と並行で行《おこな》おうとすれば、かなりタイトなスケジュールになる。

デスクに置いてある仕事用のカレンダーを見つめながら、黒瀬はしばし悩んだ。そしてちらりと後ろで遊んでいる雅尾を振り返る。

上機嫌にブロックを高く積み上げては、尻尾で叩いて崩すという遊びを繰り返していた雅尾は、黒瀬の視線に気づくと、「なぁに?」と小首を傾げた。

その顔を見て、黒瀬は決めた。

「……なるべく頑張りますが、もう一週間多く見積もっておいてもらえればありがたいですね」

大きな仕事を引き受ければ、それだけ雅尾のために使える金が増えるということだ。多少きつくても、やらない手はない。

「引き受けてくれますか!?　一週間くらいなら何とか私のほうで調整します！」

「よろしくお願いします」

何度も礼を言う担当の電話を切り、黒瀬はふう、とため息をついた。

やると返事をしたからには、やるしかない。スケジュールを細かく練り、カレンダーへと書き込んでいく。途中、水曜日と日曜日につけてある丸印に目が行った。

どんなに忙しくても、料理教室だけは休みたくないな、と丸印の上からさらに太い丸を書く。

「……やるか」

気合いを入れるようにつぶやいて、翻訳する原稿が来るまで手元にある仕事を進めるべく、黒瀬は使い込んだ辞書を手に取った。


しかし物事はそううまく進まないもので、一ヶ月経っても、納得のいく翻訳にならず、黒瀬は悩んでいた。

翻訳自体は済んでいるものの、日本語にしたときの違和感が拭えないのだ。何度も修正しながら、時には大学時代世話になった教授に訊ねてみたりしても、全部を訊くわけにもいかず、頭を抱えた。

時間にもっと余裕があるのなら、納得いくまでとことん直し続けるのだが、締切まであと一週間を切っていた。ただでさえ一週間延ばしてもらっているのだから、これ以上はおそらく延びないだろう。締切を破ってしまえば、翻訳家としての信用を失ってしまう可能性もある。

そして今日は水曜日。料理教室のある日だった。

「ねえ、パパ、きょうはなんのおりょうりかなあ？」

わくわくした瞳で雅尾に訊ねられ、黒瀬は申し訳ない気持ちになりながら、ゆるゆると力なく首を振り、言った。

「雅尾、悪いが今日は料理教室はお休みだ」

環にも先程欠席のメッセージを送っておいた。

「ええー……」

黒瀬の言葉に、雅尾の耳と尻尾が悲しそうに下を向く。

「俺も行きたいのはやまやまなんだが……」

今、料理教室に通っている余裕は正直ない。行けばどうしても準備も含めて三時間ほどかかってしまうし、原稿が気になって楽しめない気もする。

せっかく環に会えるというのに、いや、会ってしまうからこそ、こんな切羽詰まった顔を見られたくない。気もそぞろに料理をするのは、環にも申し訳なかった。

だったら、無理して行くよりも、仕事を終えたご褒美として会いに行くほうが余程いい。

その理屈を雅尾に伝えるのは難しかったが、「仕事が忙しいんだ」と黒瀬が言うと、渋々ながら「わかった」と頷いてくれた。

「ごめんな」

「んーん、いい。おしごとがんばって」

「その代わり、今日の昼ご飯は雅尾の好きなハンバーグにするから」

「ほんと？」

こんな日のために、雅尾と一緒にたくさん作って冷凍しておいたストックがあったはずだ。市販のコーンスープに、ハンバーグと白飯、付け合わせにポテトとにんじんグラッセがあれば十分だろう。

「ああ。今日はリビングでテレビもゲームも好きなだけやっていいから、我慢してくれ」

こくん、と首が上下するのを見て、黒瀬は再びパソコンに向き直った。

三歳になってしっかりしてきたのか、雅尾はいたずらや危ないことをしなくなったようなので、一階のリビングと黒瀬の仕事部屋の中でなら自由に歩き回るのをつい二ヶ月前に許可したばかりだ。

最近の雅尾のブームはテレビにつないだネット番組でアニメを観ることで、連続再生にしておけば何時間でもじっと座って観ている。ものすごい集中力に、黒瀬も感心したほどだった。

さすがに毎日テレビをずっと観させておくのは教育上よろしくないのはわかっている。今回のような措置《そち》はあくまで特別で、致し方ないときにしか使っていない手段だ。

それさえも、以前の黒瀬なら自分に許さなかったかもしれない。実際、子どもの面倒を放棄してテレビばかり観させている親がいることには、嫌悪感を抱いていた。

だが、片親になってわかる。そうでもしないと自分の時間などまったく取れない。仕事をしながらだとなおさらだ。助けのない家庭内保育は思った以上に手がかかる。

どうしたらいいんだと黒瀬が思い詰めていたときに、「いいんじゃないですか、テレビに押しつけても」と言ってくれたのは、ほかでもない環だった。

「うちの弟たちも、テレビで育ったようなものですよ。うちの両親は共働きで、僕が学校帰りに保育園に迎えに行って両親が帰ってくるまで面倒みてましたけど、真面目に相手にしてちゃ体力も気力も持ちませんからね。僕が宿題をしている横でテレビを観させて、料理を作っているあいだもリビングのテレビはずっとついてました。でも、全然問題なく育ちましたし、そんなに心配しなくても大丈夫ですよ」

いつだったか、「雅尾の相手をしていると仕事が捗《はかど》らなくて困る」と、黒瀬がぽろっと弱音を零したとき、言われた言葉だ。

自分の子どもではなく弟妹のこととはいえ、子どもを相手にすることにおいては環は大先輩で、黒瀬はそんな環に言われたからこそ、ふっと肩の荷が下りるような気持ちになった。

「黒瀬さんは真面目すぎるから、ちょっとは僕を見習って肩の力を抜いたほうがいいですよ」

「そうか、そうだよな」

「そうそう。黒瀬さんが気を張ってると、雅尾くんにまでそれが伝わっちゃうかもしれませんし」

離婚してから環と出会うまでの三ヶ月、思えば黒瀬はいつもピリピリしていたような気がする。雅尾が情緒不安定だったのではなく、自分がそうだったのかもしれない、と黒瀬はそのとき遅まきながら悟った。

子どもは案外、親をよく見ている。

環とのそのやり取りを思い出して、ふっと微笑んだあと、黒瀬は開いたテキストファイルを頭からチェックしはじめた。

日本語にしたときに読みやすいように。読者が違和感なく物語に入っていけるように。

あれも違うこれも違うと昨日同様悩みながら仕事をしていると、ピピッとタイマーが鳴って、休憩の時間を知らせた。

サーモマグのコーヒーもすっかり空《から》になっていて、そろそろ雅尾もおやつが食べたくなってきた頃だろうと黒瀬は椅子から立ち上がってリビングへ向かうことにした。

リビングと仕事部屋をつなぐドアは安全のため全部開けっ放しにしているので、仕事中も賑《にぎ》やかなアニメの声が聞こえてきていた。

雅尾はきちんとソファに座ってテレビから離れて観ているだろうか。食事以外には聞き分けのいい子だから、黒瀬の言うことは大抵聞くが、たまに熱中しすぎて無意識にテレビに近づいていることがあるから心配だ。

「雅尾。きりのいいところで止めて、おやつにしようか」

黒瀬がそう言ってリビングを覗くと、しかし雅尾の姿はどこにもなかった。

「雅尾？」

ソファにも、クローゼットにも、トイレにもその姿はない。かくれんぼでもしているのだろうかと、黒瀬は雅尾の名前を繰り返しながら家中を探し回った。

だが、いくら探しても、雅尾は見つからなかった。

「雅尾……っ」

さっと全身から血の気が引いていく。

勝手に外に出たのだろうか。それとも、誰かが侵入して、誘拐されたのだろうか――。

慌てて玄関を確かめると、シューズボックスにしまっていた雅尾の靴がなくなっていた。

誘拐犯がわざわざ靴を履かせるとも思えないし、おそらく雅尾が自分で出掛けていったのだろう。

黒瀬は出しっ放しにしてあったサンダルを引っかけると、弾けるように玄関を飛び出した。

「雅尾ー！　どこにいるんだ！」

周囲の目など気にしている場合ではない。大声で名前を叫びながら、黒瀬は近所を探し回った。しかし、どこにも見当たらない。出会う人出会う人すべてに訊ねてみたが、よく遊びに来ていた公園にもスーパーにも来ていないようだった。

「どうしたら……」

こんなにパニックになるのは、初めてのことだった。どんなときにも冷静沈着でいられる自信があったのに、慌てふためいて、何をすればいいのか落ち着いて考えられない。

——誰か、助けてくれ。

そう願ったとき、ふと思い浮かんだのは、環のことだった。

「環先生……」

縋《すが》る思いで黒瀬はスマートフォンを取りだし、環に電話をかけた。よくよく考えれば、今は講習中だとわかりそうなものなのに、このときの黒瀬はそんなことも思いつかないほど混乱していた。

何度かコールしても、環は出ない。

ひどく長いあいだ、呼び出し音を聞いていた気もする。

ダメか、と絶望しかけたそのとき、プツッと回線の繋がる音がして、黒瀬は緊張に身体を硬くした。

留守電か、それとも——。

しかし、『もしもし』と聞き慣れた声がして、そこで一気に身体の力が抜けた。だが、気を抜くのはまだ早い。雅尾のことを相談しなければ。

「いきなり電話してすまない。今ちょっと時間いいか?」

『……あ、はい。どうかしましたか?』

返答までの少しの間に、黒瀬ははっとした。今は講習の真っ只中で、黒瀬と話している場合ではない。迷惑だったかも、と少し頭が冷え、黒瀬は常識のない自分の行動を恥じて電話を切ろうとした。

「ああ、仕事中だったな。悪い。かけ直す」

だが、『本当に大丈夫ですから。慌ててるようですし、何か緊急事態が起こったんですね』と環が先を促した。

　ぐっと唇を噛みしめてから、黒瀬は言った。

「……雅尾が、行方不明なんだ」

『えっ！　大事《おおごと》じゃないですか！』

「どうしたらいいかわからない。近所中探し回っても、どこにもいなくて……、だから」

思わず、環に縋りたくなったのだ。

言葉にはしなくとも、環には伝わったらしい。

『僕も探します』

今度は間髪を入れずにそう返ってきて、黒瀬は申し訳ないと思いつつも、その言葉が心強かった。

「すまない、講習があるのに……」

『事情を説明すれば皆さん許してくれますよ』

「ああ、助かる」

『いえ、頼ってくれて嬉しいです。それじゃあ僕は教室の周辺を探しますね。もしかしたら来てるかもしれないので』

「ありがとう。よろしく頼む」

電話を切り、いつの間にか溜まっていた息を深呼吸で吐き出したあと、黒瀬は再び走り出した。

そして探し回ること数十分、スマートフォンの着信が鳴り、出ると環からだった。

『雅尾くん、見つかりましたよ！　うちに来るまでの道で迷ってしまったらしくて、一本裏の通りで蹲《うずくま》ってました。でも、怪我もなく無事です』

その言葉にほっとして、黒瀬はその場にしゃがみ込んだ。

「……本当にありがとう。今から迎えに行く。キトゥン・キッチンでいいか」

『ええ。お待ちしてますね。ほら、雅尾くん。お父さんだよ』

『パパ？』

元気そうな雅尾の声が聞こえて、黒瀬はさらに脱力し、思わずアスファルトに手をついた。

「今行くから、おとなしく待ってるんだぞ」

それだけ言い置いて電話を切り、黒瀬はキトゥン・キッチンまでの道のりを走った。

スタジオの入り口で環と一緒にいる雅尾を見て、心臓が痛いくらいに軋む。こちらに気づいて、「あっ、パパだ」と能天気に笑う雅尾に、黒瀬はつかつかと歩いていった。

そして。

「どうして勝手に外に出たりしたんだ！」

空気がビリビリと揺れるほどの咆哮《ほうこう》で、雅尾を叱った。鬼のような形相《ぎょうそう》の父親を見て、雅尾は、一瞬ぽかんとしたあと、大声を上げて泣きはじめた。

道行く人が何事だと三人を見遣《みや》るが、直後、雅尾を抱きしめた黒瀬を見て、事情を察して歩き去っていく。

わあわあと泣き叫ぶ雅尾は、どうして怒られているのかわからないらしく、いやいやと黒瀬を押し返した。それでも黒瀬はぎゅっと雅尾を抱きしめて、この小さな身体が無事であることを確かめるようにうなじに顔を埋める。

「黒瀬さん、言葉が足りないですよ」

泣き止まない雅尾の頭を撫で、環が言った。自分は何か言い忘れただろうかと黒瀬が顔を上げて彼を見つめると、「見つかって？」と彼は促すように語尾を上げた。

「……よかった」

考えるより先に、口から零れ出た。

「雅尾が無事でよかった……！」

ぎゅうっとさらに強い力で抱きしめられた雅尾は、しゃくり上げながらも抵抗をやめた。

そして伏せていた耳をそっと起こし、黒瀬の顔を覗き込んだ。

「パパ……？」

「……っ」

感情が昂《たかぶ》りすぎて、どうしていいかわからない。対人スキルの低さが、まさか自分の子どもに対しても発動するとは、情けない。

しかし黒瀬の言葉を代弁するかのように、環がやさしい声で言う。

「パパに勝手に外に出ちゃいけないって言われてたでしょ？」

「うん……」

「ひとりで外に出たら、車にぶつかったり、恐い人に攫《さら》われちゃうかもしれない。雅尾くんが大事だからそうなってほしくないのに、約束を守らなかったからパパは怒った。雅尾君が心配だったから。わかる？」

「でも、ぼく、おりょうりしたかったから……」

ようやく泣き止んだ雅尾が、唇を尖らせて言う。

「今日行けなくても、俺の仕事が一段落したらまた通うつもりで――」

ため息とともに黒瀬が言おうとしたのを、くいっと環が袖を引いて止めた。雅尾の話を聞けということらしい。

「……どうしても今日じゃなきゃダメだったのか？」

黒瀬は声のトーンを少し上げて、訊いた。怒っていない、とアピールしたつもりだったのだが、雅尾はまた顔をくしゃくしゃにして、ぼろぼろと大粒の涙を流しはじめた。

「パパ、おしごとたいへんそうだったから……っ、ぼくが、おりょうりつくってあげたくて……」

まさか、雅尾に心配をかけているとは思わなかった。そしてこんなにも、雅尾が他人を想って行動しようとするやさしい子に育っていたとは。

「雅尾……」

子どもの成長を感じ、黒瀬の涙腺も緩みそうになる。

「パパぁ……っ、ごえんなさい……っ」

そんなことを言われれば、これ以上叱れるわけがなかった。ぎゅっと目を閉じて涙を堪え、黒瀬は首を横に振った。

「いや、いいんだ。俺のほうこそ悪かった。雅尾は俺のためにここまで来ようと思ったんだよな」

「ん……」

泣いたせいで熱くなった雅尾の身体は、しっとりと汗ばんでいる。額に貼りついた髪を分け、黒瀬はこつんと額をぶつけた。

「本当に、無事でよかった。今度からは、俺に許可を取ってからにしてくれ。心臓がいくつあっても足りない」

うん、と大きく頷いた雅尾をもう一度撫でてから、黒瀬は雅尾を抱いたまま立ち上がった。

「仲直りできてよかったですね」

環に向き直ると、穏やかにかぎ尻尾を揺らしながら、彼が言った。

「探してくれて助かった。うまく仲直りできたのも、君のおかげだ。ありがとう」

感謝を伝えてから冷静になってきて、黒瀬は大事なことを思い出した。環は仕事の最中だったのに、それを放り出して手伝ってくれたのだ。

「……講習もあったのに、すまない」

「こういうときはお互い様ですよ。友達なんだから、協力するのは当然です。それに、講習のほうも代わりの講師がやってくれてるので、問題なしです」

Vサインをつくり、環がウインクする。黒瀬が気に病まないようにとの配慮が透けて見えて、じんわりと胸が温かくなる。

このあと、どうするのが正解なのだろう。言葉どおり受け止めて、はい終わり、でいいのだろうか。仕事相手なら菓子折りのひとつでも渡せばいいのだろうが、友達同士での貸し借りについては、黒瀬の知識の範囲外だ。

講習を休ませてしまった分の給料を補填《ほてん》する、という考えがちらりと頭に浮かんだが、金銭で解決するのはさすがにアウトだというのはわかる。やはり菓子折りがベターだろうか。

「その、何かお礼がしたいんだが……」

迷った末、黒瀬は環に直接訊くことにした。菓子折りを送るにしても、環の好みがわからないと礼にならない。

「ああ、いえ。気にしないでください。僕がやりたくてやったことですし」

「それじゃあ俺の気が収まらない」

頑なに礼をしたいと黒瀬が言うと、環は苦笑して、それから言った。

「じゃあ、今度、雅尾くんも合わせて三人で遊びませんか？」

「遊び？」

「そうです。僕たち、友達なのにキトゥン・キッチンでしか会わないじゃないですか。友達なら一緒に買い物に行ったり、飲みに行ったりするものでしょ？」

「そういうものなのか」

「そういうものです」

つんと顎を上に向けて、環が胸を張った。

友達がどういうことをして遊ぶのかはわからないが、友達の多そうな環が言うからには間違いはないのだろう。そう考えて、なぜか少しだけ胸がずきんと痛くなる。

「……？」

「どうかしましたか？」

環に顔を覗き込まれ、黒瀬は「いや」と首を左右に振った。

「環先生さえよければ、遊んでくれ。ただ、しばらく仕事が忙しいから、それが終わってからでもいいか？」

「もちろんです。あっ、どこで何をするかは、ちゃんと黒瀬さんが考えてくださいね」

にっと犬歯を見せて環が笑う。

「それはもちろん。何たって、お礼だからな」

釣られて黒瀬も自然と笑みが零《こぼ》れた。それを見て、環がぽつりと言う。

「……黒瀬さんって、笑うと本当にかっこいいなあ」

そしてつぶやいてから、しまった、というように慌てて手で口を塞いだ。顔が真っ赤になっていて、それを冷ますようにパタパタと手うちわで風を起こす。

顔の造形については、褒められる機会は何度かあった。しかしどれも表面的なお世辞だと黒瀬は思っていて、自分の容姿がそこまで優れているという自覚を持ったことはなかった。この顔で得したことよりも、むしろ恐いと避けられてきたことのほうが多かったからだ。

だが、今の環のつぶやきは、思わずといったふうに零れたものだったからこそ、真実味があった。

容姿などどうでもいいと思っていたが、環に言われた途端、黒瀬はそわそわと落ち着かない気持ちになって、鼻の先を手でこする。

「それは、ありがとう。環先生もかっこいい……いや、かわいいかな」

「そこはかっこいいのままでいいんですよ、もう！」

とんっと腕を軽く叩かれ、互いにおかしくなって、また笑い出す。

こんなふうに冗談を言える相手が自分にできるなんて、黒瀬は思ってもいなかった。

今さらながら、青春とはこういうものなのかもしれない、とそんなふうに思う。

「じゃあ、俺たちはそろそろ帰るよ。仕事も残ってるし」

名残惜しいが、締切間近の仕事を片付けてしまわなければならない。黒瀬が帰ろうとすると、しかし環が「ちょっと待っててください」と呼び留めて、スタジオの中へ入っていってしまった。

一分ほどで戻ってきたかと思うと、その手には猫柄の大きなトートバッグが握られていて、何かと思えば、中には作り置きしていたという料理の詰め込まれたタッパーが入っていた。そのほかにも、雅尾の好きな野菜クッキーまである。

「食べきれないほど作っちゃったときは、スタジオの冷凍室に突っ込んでたんですけど、そろそろ入りきらなくなってたんで、よかったら持って帰って食べてください。電子レンジでチンすればすぐに食べられるものばかりですし」

軽く三日分はありそうな量だ。

「いいのか？　材料費は……」

払う、と言おうとした黒瀬の裾を環が摑んで屈《かが》ませると、ひっそりと耳元に囁いた。

「試作品なんで、僕のお財布は痛んでないんですよね、実は」

吐息が当たり、びくっと黒瀬の肩が揺れる。

「あっ、ごめんなさい」

ぱっと離れた環の手を、気づけば黒瀬は咄嗟に摑んでいた。

「黒瀬さん？」

「あ、いや、その……」

摑んだあとで何がしたかったのか、自分でもわからずに、だがどうしてかその手を放したくなくて、困る。

前にもこんなことがあったな、と思い出して、黒瀬は戸惑う環の耳に、ふっと息を吹きかけた。

「お返しだ」

環も同じやり取りを思い出したのか、くすぐったそうにふふっと笑う。

弓なりに細められた目は、キラキラと光を弾いて、まるでトパーズをはめ込んだようだと黒瀬は思った。

「じゃあ、今度こそこれで」

「はい。また落ち着いたら教室にも顔を出してくださいね」

「ああ」

手を放し、その手を小さく振る。

「ばいばい」

雅尾も手を振り、環もそれに振り返す。

ふわふわと軽いようで、だがどことなく頼りないような今のこの気持ちを、どう表現していいかわからない。

「たまきせんせいとあそぶの、ぼく、たのしみ！」

「ああ。俺もだ」

歩き慣れた道を帰りながら、黒瀬は不思議と仕事へのやる気が満ちていることに気がついた。外に出たのが却《かえ》ってリフレッシュになったのかもしれない。家を出るまでうだうだと沈殿《ちんでん》していた澱《おり》がきれいさっぱり消えている。

クリアになったこの頭なら、仕事も捗りそうだという予感がする。

「さて、頑張るか」

「パパ、がんばれ」

デスクに向かった黒瀬を、雅尾が応援する。

「早く片付けて、環先生と遊ばなきゃな」

そう思えば、俄然《がぜん》やる気が湧いてくる。

黒瀬はすうっと深呼吸して、やりかけの原稿に向き直った。

それから三日ほどして、ようやく納得のいく翻訳が完成した。

「終わった……」

担当にメールを送りパソコンを閉じる。

締切よりも早く片付いたことにほっとして、黒瀬はぐっと背筋を伸ばすと、リビングでテレビを観ていた雅尾を呼びにいった。

「雅尾、仕事終わったぞ」

「ほんと？」

環からもらった差し入れのクッキーを頬張りながら、雅尾はぴょんっとソファから飛び降りて、黒瀬に正面から抱きついてきた。

「ああ。しばらく構ってやれなくて悪かったな」

「んーん。テレビおもしろいよ」

そんなことを言いつつも、雅尾はひしっと黒瀬の脚に貼りついて頬をすり寄せている。尻尾までくるりと巻きつけるほど寂しかっただろうに、気を遣ってくれているのがわかって、黒瀬は雅尾を抱き上げると、キッチンへと向かった。

「環先生にもらった料理も昼でなくなったし、今日の夕飯は一緒に作ろうか」

「うん！」

料理教室にも行けず、家の中でひとりで遊んでいるだけだったからか、雅尾は嬉しそうにこくこく頷いた。

冷凍してあったささみを解凍し、マヨネーズとポン酢で下味をつけ、しばらく放置しているあいだに同じくマヨネーズとポン酢などでソースを作る。片栗粉《かたくりこ》をまぶして、フライパンに並べて蒸し焼きにしたあと、ソースを絡めて刻んだねぎを散らせばささみ照り焼きの完成だ。

材料を切るのとフライパンで焼く以外は雅尾がほとんどやってくれて、これにインスタントのポタージュとコールスローを合わせれば、あっという間に夕飯ができあがった。

「おこめたけたよー」

時間どおりに炊飯器から炊き上がりのメロディが鳴り、雅尾は待ちきれないと言わんばかりに黒瀬が茶碗によそっている横でぐるぐると回っている。

料理教室に通いはじめてから、三ヶ月が経とうとしていた。

雅尾が食事の時間を楽しみにしているなど、まだ自分で料理をしていなかった頃は考えられなかった。美味しそうにささみを頬張る雅尾を見て、黒瀬はふっと目元を緩めた。

これもすべて、環のおかげだ。あの日彼に会わなかったら、この幸せな光景は手に入れられていなかっただろう。もしかしたら今も雅尾の偏食に頭を抱え、心身ともにボロボロになっていたかもしれない。

それに、やり終えたばかりのこの仕事だってそうだ。環の差し入れのおかげで随分と助けられた。

「明日は日曜日だな」

「うんっ。おりょうりきょうしつ、たのしみ！」

雅尾の口の周りについたソースを拭ってやりながら、黒瀬は言った。

「俺もだ」

＊＊＊ Side《サイド》 Tamaki《タマキ》 ＊＊＊

行方不明になった雅尾を見つけた礼にと、黒瀬がどうしても何かしたいと言い張って、だったら遊びませんかと約束をしたのはいいものの、その当日になって環は困っていた。

「どうしよう……、何を着ていけばいいのかわからない」

講習のときは真っ白な襟付きシャツにベージュのスラックスというなるべく清潔感のあ

る格好をしているが、普段の環はジーンズにTシャツというラフな服しか持っておらず、落ち着いた雰囲気の黒瀬の隣に立つには、いささかアンバランスだ。

ただの友人と遊ぶだけなら、そこまで服装を気にしないのだが、どういうわけか黒瀬には少しでも自分をよく見せたくて、それは彼が年上だから、子どもっぽく思われたくないという環の見栄《みえ》なのかもしれない。

「それにしても、どこに連れていってくれるんだろうな」

行き先は黒瀬に任せているので、環は今日どこで何をするかまったく知らされていない。雅尾も一緒だから、場所は限られるだろうが、それほど畏《かしこ》まったところではなければいいなと思う。

悩みに悩んだ末、だらしなく見えないようにとタイトな黒のスキニージーンズに、白Tシャツを着て、約束の時間に間に合うように家を出た。

待ち合わせは、キトゥン・キッチン前にあるコンビニエンスストアだ。

到着したときにはもうふたりの姿があって、いつもより少しおしゃれな格好の黒瀬に、環はどきりとした。いつもはチノパンにボタンシャツというラフな格好だが、今日はびしっとしたサマースーツに身を包んでいる。いつもの格好でさえ、元の素材がいい黒瀬は飛び抜けておしゃれに見えるのに、きちんとした格好は余計に眩しく目に映る。

自分の服装とのギャップに、「ひえっ」と声を上げそうになったが、かろうじて呑み込んで、環はふたりに声をかけた。

「こんにちは。お待たせしてすみません」

「たまきせんせい、こんにちは」

雅尾が丁寧に頭を下げ、挨拶をする。黒瀬も「ああ」と手を上げ、ほんのわずかに口元を緩めた。

この数ヶ月、黒瀬に料理を教えていて、わかったことがある。

黒瀬はかなりの口下手で、表情にも考えていることがなかなか表れない。だが、耳や尻尾はそのぶん素直でわかりやすい。それによくよく観察すると、表情筋が微妙に動いていて、それさえ見分けられれば、何を考えているのかだいたい知ることができた。

そして真面目で、雅尾想いで、案外照れ屋だ。

ＬＩＮＫのやり取りも、文章こそ堅苦しいが、環のことを信頼してくれているのがそこはかとなく滲《にじ》み出ていた。

つまり、環にとって黒瀬はかなりできた人物で、好感度は出会った頃から上り続けていた。

「黒瀬さん、今日はいつもと雰囲気が違いますね」

環が言うと、黒瀬は首の後ろを掻きながら言った。

「さっき出版社に用事があって立ち寄って、そのまま来たんだ。環先生のその格好を見ると、歳下なんだなって改めて思うな。若さが出てる」

「ガキっぽいってことですか……って、出版社？」

「ガキっぽいとはまた違う。仕事のことは言ってなかったか？　俺は翻訳家なんだ。フランス語のな」

シングルファザーで在宅仕事だとは聞いていたが、具体的な仕事内容までは聞いていなかった。何の仕事をしているか気になってはいたものの、質問するのは不躾《ぶしつけ》な気がして、今の今まで聞けなかったのだ。

「へえ、かっこいいですね」

見た目からして賢そうだとは思っていたが、翻訳家とは。勝手な偏見だが、英語ではなくてフランス語なあたり、何となく黒瀬っぽくて洒落《しゃれ》ている。

「あくまで著者がメインで俺は脇役だがな」

「僕にはできないことなので、どちらにしてもすごいですよ」

今までどんな本を翻訳してきたのかを訊くと、環でも知っているような海外文芸《ぶんげい》の有名な作品もあって、ミーハーな気持ちがむずむずと湧き上がった。有名人に会ったときの気持ちと似ている。

「ぼくのパパ、すごいでしょう？」

雅尾がにこにこと自慢げに胸を張り、環を見上げた。

「すごいね！」

あまりに環と雅尾が褒めるものだから、黒瀬は居心地が悪そうに尻尾を揺らし、「そろそろ行こう」と話を切るように言った。

「そういえば、今日はどこに行くんですか？」

環が訊くと、「言ってなかったか」と黒瀬がふっと笑った。

「あのねー、きょうはみやびのおうちだよ！」

「雅尾くんのおうち？」

「そう！」

小さな手がするりと絡まり、環の手を取った。もうひとつの手は黒瀬と繋がれていて、雅尾はふたりの手をぶらんこにして、ぶらぶらと揺られながら歩いていく。

まるで仲のいい親子のようだ、とそんなことを思って、環ははっとした。

黒瀬は男なのに、自然と自分が隣にいる幸せな家庭を思い描いてしまった。いくら子どもに憧れがあるとしても、これはよくない妄想だ。

「お邪魔してもいいんですか？」

「ああ。友人同士なら家に呼ぶというのもセオリーだと聞いた。今までの成果も見せたいからな。よければうちで夕飯を食べていってくれたら嬉しい」

「おうちにおきゃくさんくるの、はじめて」

雅尾が鼻歌交じりにそう言ったのに、環は驚いてえっと声を上げた。

「初めてって、そうなんですか？」

「恥ずかしながら、家に呼ぶような友人は今までできたことがなくてな」

自嘲《じちょう》気味に息を吐いて、黒瀬が言った。

「昔から、この顔のせいか近寄ってくる人はほとんどいなかった。いたとしても、少し話をしたら去っていく。……こんなに親しくなったのは、環先生が初めてだ」

そう言われた瞬間、環は黒瀬を抱きしめたくて仕方がなかった。そんな切ない告白をさせたくはなかった。

こんなにもいい人なのに、彼の過去があまりに悲しくて、慰めたかったのもある。だが、環の胸に湧いた感情は、それだけではなかった。

嬉しかったのだ。黒瀬の初めての友人に選ばれたことが。彼の特別になれたような気がして。

「じゃあ、環先生じゃなくて、環って呼んでください。今は講習中じゃないので」

環の提案に、黒瀬の瞳が驚いたように見開かれた。

「いいのか？」

「友達だったら当然でしょ？」

それから、少し迷って、黒瀬が言った。

「……環」

「はい」

返事をすると、どうしていいのかわからないのか、黒瀬は唇を引き結んで顔を背《そむ》けてしまった。ひょっとしたら照れているのでは、と環は回り込んで黒瀬の顔を覗き込んだ。すると案の定、我慢できなくなった黒瀬の口角がにやりと上がっていた。

人によっては、不敵な笑みだと捉えられるかもしれないこの笑顔が、環はこの上なく嬉しかった。

それから歩くこと十分ほどで、黒瀬の家に辿り着いた。てっきりマンションかと思っていたが、真新しい一軒家だ。

「いらっしゃいませぇ」

雅尾がドアを開けて、環を招き入れる。

「お邪魔します」

玄関の三和土《たたき》には、黒瀬のサンダルが置いてあり、それを見て思い出す。

行方不明だった雅尾を迎えにきたとき、いつも革靴の黒瀬が、珍しくサンダルだったのだ。慌てて飛び出したのがわかって、人目を気にせず雅尾を探そうとした黒瀬への親しみが湧いた。

リビングに通され、ソファに座るよう言われて着席すると、雅尾がクッキーを持ってやって来た。

「これ、ぼくがつくったんだよ」

「へえ！　上手にできたね」

シンプルなプレーンクッキーはきれいに焼けていた。わざわざ型を買ってきたらしく、猫やウサギの形になっている。自分のために一生懸命作ってくれたのだと思うと、褒められて満面の笑みを浮かべる雅尾がかわいくて仕方がない。

講習ではまだ教えていないので、黒瀬がどこかのレシピを調べて頑張ったのだろう。料理はしたことがないと黒瀬は言っていたが、覚えも早く、本当はもう料理教室などに通わなくてもレシピを見るだけで十分に料理はできると思う。黒瀬たちが来なくなったらと考えてしまって、嬉しい気持ちに翳《かげ》が差し、環は少しだけ目を伏せる。

なって」

「あ、いや。何でもないです。こんなにきれいに焼けるなら、僕が教えることはもうない

既製品の山のような菓子とお茶を持って、黒瀬もやって来た。いつの間にかスーツを脱いでラフなTシャツ姿になっており、袖から覗く案外逞しい腕に環は驚いた。七月に入ってからも、黒瀬は長袖シャツを着ていたため、生腕を見るのが初めてだったのだ。

「黒瀬さん、結構鍛えてるんですね」

驚きのまま口にすると、黒瀬は腕をさすりながら答えた。

「もともと筋肉がつきやすい体質だからか、特に何もしてなくてもこうなんだ。まあ、普段雅尾を抱えたりしてるから、筋トレにはなってるんだろうが……」

「ああ、なるほど」

確かに事あるごとに雅尾を抱えているイメージがある。だが、環も昔から弟妹を抱っこしていたはずなのだが、ちっとも筋肉はつかなかった。これが種族差というものか、と環が自分の腕の細さを確かめていると、ふいに黒瀬が手を伸ばしてきた。

「環は、やわらかいな」

そして、二の腕に触れたかと思うと、そんなことを言った。

「……っ」

　普段人に触られないところに触れられ、びくりと環の身体が跳ねた。

「くすぐったがりなのか？　雅尾と同じだな」

　黒瀬がにやりと笑う。

「黒瀬さんでもそんないたずらするんですね」

　環が頬を膨らませると、黒瀬は慌てて手を引いた。

「悪い。怒ったか？」

　本気で心配しているようだったので、環は怒ってないと笑ってみせた。ほっとしたように黒瀬は息をついて、それから言った。

「……さっきの話だが、俺は別に料理がうまくなりたいというだけで通っているわけじゃない」

「え？」

「最初はそうだったが、今はあの空間が好きだから通ってる。環もいるしな。もはや趣味だ」

　教えることはないと言った環への返答だと、遅れて気づく。

　環が不安に思っているのを知ってか知らずか、しかし黒瀬のその言葉に、環の胸は震えた。

思わぬところからふいに心臓を摑まれたような、ほしがっているのを自分でも気づいていなかった言葉を脆《もろ》い部分に挿し込まれたような、そんな気分で、とにかくどんな反応を返せばいいのか、咄嗟にはわからなかった。

「……それは、感無量《かんむりょう》です」

言ってから、あまりに堅苦しい返しだったなと後悔したが、遅い。どうしてこの言葉が出たのか自分でも理解できず、環は顔をさっと赤くした。

「かんむりょってなに？」

雅尾が首を傾げて訊ねたのに救われた。

「嬉しいってことだよ」

環が答えると、黒瀬が雅尾の頭を撫で、テレビのスイッチを入れた。

「夕飯までまだまだ時間もあるし、しばらく菓子でもつまみながら映画を観るとかゲームとかして過ごさないか」

どさりと黒瀬もソファに座り、その膝の上に雅尾も座る。

二人掛けのソファに大人ふたり、余裕があると言っても、少し動けば肩が当たりそうになり、環は戸惑いを覚えた。

友人同士なら気兼ねなどいらないし、緊張するのもおかしな話だが、どうしてか黒瀬が近くにいるのを感じると、先程から妙に胸がざわつく。

「たまにはだらだらおうち時間を過ごすのもいいですよね。黒瀬さんはどんな映画が好きなんですか？　ってか、ゲームするんですか？」

意外だ、と思って環がテレビ台の下をよく見ると、確かに大手ゲームメーカーの最新機が置いてあった。

「いつか雅尾とできたらと思って、買ってあるんだ。買ってそのままだから、使ったことはないが……」

「僕、結構ゲーム好きなんで、教えますよ」

ＲＰＧやＦＰＳはもちろん、弟妹に付き合ってパーティーゲームも嗜《たしな》んでいる。料理以外の趣味は何と訊かれたら、ゲームと答えるくらいには得意なつもりだ。

「本当か？」

「はい。せっかくだし、雅尾くんと一緒にできそうなゲームは……、これですかね」

環は今一番人気のあるパーティーゲームのソフトがあるのを見つけ、本体に入れると、ゲームを起動した。やったことはないが、操作が簡単で小さな子どもでもできると聞いたことがある。

「あっ、これ、ＣＭでみたことある」

オープニングムービーを見た雅尾が嬉しそうに耳を立て、言った。黒瀬はソフトについていた説明書を見て、詳しい操作方法が書いてないと文句を言い、それからスマートフォンでゲームのファンサイトを調べはじめた。

ちゃんと説明書を読むタイプか、と環は感心した。環は家電製品の説明書など読んだことがない。真面目だなあ、とそこでも性格が窺えて、ついつい笑みが零れた。

自分とは正反対だからこそ、相手の長所がよくわかるものだ。

「へえ。基本的にコントローラーのＡボタンとＢボタンとスティックだけしか使わないのか」

「だから子どもにも人気なんですよ。最初にやるゲームとしてはおすすめです」

「じゃあ雅尾、俺と一緒に操作を覚えるか」

「うん！」

チュートリアルをしてもつまらないだろうし、いきなり本番でも問題ないだろうと、環はゲームをスタートする。もぐらたたきやアイスホッケーのような一、二分で終わる簡単なゲームばかりがいくつもあり、互いに得点を競い合うというものだ。

ゲーム開始前にどのボタンで何をすればいいのかが画面で説明されるので、黒瀬も雅尾もすんなりと理解できたようで、十分もするとふたりともゲーム慣れした環と同じくらい上手くなっていた。

「やったぁ！　こんどはぼくのかち！」

ほんの少し手加減はしたものの、見事環に勝って一位を取った雅尾が嬉しそうに飛び跳ねる。

「パパよわいね」

「次は本気でやる」

操作慣れしたとはいえ、黒瀬はずっと三位だ。雅尾の挑発に、コントローラーを握り直すと、真剣な顔でテレビ画面を凝視する。

次のラウンドは、大量のひよこが押し寄せる中、それらを避けてゴールまで先に辿り着くというだけのゲームだったが、ガチャガチャとコントローラーのスティックを操作する手つきに熱がこもっていた。

そしてようやく黒瀬が初めての一位を取り、「っしゃ」とひっそりガッツポーズをしているのを見て、環はお腹を抱えて笑った。

まさかこんなに負けず嫌いだとは思わなかった。しかも自分の三歳の息子に対しても、容赦がない。

「はー……、黒瀬さん、ほんと面白い」

環が目に涙を浮かべて笑うのを見て、黒瀬が恥ずかしそうに目を伏せた。

「そんなに笑うなよ。友達とゲームするの自体初めてで浮かれてるんだ」

そう言えば、そうだった。黒瀬は友人がいなかったから、きっとこんなふうにわいわいはしゃぐことも今までなかったのだろう。

可哀想だが、初めてが自分で、嬉しい。

前にも感じた気持ちがぶり返し、環は思わずぎゅっと胸に手を当てた。そうでもしないと、溢れてしまいそうだった。

「……これからは僕とたくさん遊びましょうね」

環が言うと、黒瀬はふっと微笑み、薄緑色の目を眩しそうに細めた。

黒瀬の笑顔を見ると、もっともっと、笑顔にさせたくなる。

これは、黒瀬の過去への同情心からだろうか。それとも純粋に、友達としての使命感だろうか。

だがほかにもっと、適切な言葉があるような気もする。

何だっけな、と環が考えようとしたところで、黒瀬が立ち上がった。

「そろそろ料理を始めようか。雅尾、手伝ってくれ」

「はぁい」

コントローラーを置いて、雅尾も黒瀬に続いてキッチンへ向かう。

「僕も手伝いましょうか？」

環が声をかけると、「テレビでも見ててくれ」と断られてしまった。

「言っただろ。講習の成果を見せるって。環が手伝ったら意味がない。それに、今日は環はお客さんだから」

「そうそう、パパとぼくがオモテナシするの」

「そっか。じゃあ楽しみに待ってますね」

黒瀬家はリビングダイニングキッチンで、リビングからもキッチンが見える仕様だ。環はテレビに集中するふりをして、ちらちらとふたりの様子を窺った。

調理台に届くように、雅尾専用の踏み台も用意されているらしい。黒瀬がフライパンを使っているあいだに、雅尾がにこにこしながらボウルで何かを混ぜている。時折、「パパ、これあってる？」とか、「上手にできてる」とか、話しているのも聞こえてくる。

親子で肩を並べて料理をしている光景に、環も自然と笑顔になる。だが、ほんの少し寂しさも感じた。

自分の家族を持てない環にとって、ふたりはあまりにも遠い存在だ。自分はどうあがいても、あの関係性を築けない。

雅尾が行方不明になったときのことを思い出す。

駆け寄ってきた黒瀬は、間違いなく理想の父親の顔をしていて、環には眩しかった。

だからこそかもしれない。届かないからこそ、あの親子の中に自分の居場所を求めてしまう。

やがて、嗅いだことのあるいい匂いがしてきて、メニューの検討がつく。それでもおとなしく環が待っていると、雅尾がやって来てテーブルセッティングをしはじめた。背伸びをしてスプーンと箸を並べ、おしぼりとコップも置く。

「もうすぐできるよ」

「ありがとう。何が出てくるのかな」

環が訊くと、「ヒミツ」と犬歯を見せてニッと雅尾が笑った。

「雅尾も席に着けよ」

「はぁい」

黒瀬に言われたとおり雅尾が環の隣に腰掛け、だが、あれっと環は首を傾げた。

「パパの隣じゃなくていいの？」

弟妹に食事をさせるときは、環はいつも隣で世話を焼いていた。黒瀬もそうしているのではないかと思ったのだが、雅尾は「いつもはそう」と頷いたあと、「たまきせんせいもすきだから、きょうはとくべつ」と、かわいいことを言う。

「そっか。僕も雅尾くんが隣で嬉しい」

環がそう返すと、さらに笑みを深めて雅尾が「へへへ」と笑った。尻尾も激しく左右に振られていて、ご機嫌なのが窺える。

しばらくふたりで見つめ合って笑っていると、黒瀬が「できたぞ」と盛りつけた料理を次々に運んできた。

「わあ、ドライカレーですね！　しかもトッピングに温泉たまご！」

ドライカレーは予想していたが、温泉たまごもついてくるとは予想していなかった。ほかにも、ツナサラダ、ヴィシソワーズ、飲み物にはラッシーが用意されていた。

「ヴィシソワーズまで作ったんですか？　すごい」

ポトフや中華風コーンスープは教えたが、ヴィシソワーズは教えていない。クッキーのときも思ったが、黒瀬の料理スキルはもう主婦並みだ。

「何回か練習したから、味は大丈夫だと思うが」

「心配してませんよ。黒瀬さん、味覚いいですもん」

料理好きでもなかったのに、中に入っている食材や調味料を言い当てたり、講習でも味の調整が完璧だったりと、環も驚くことが多かった印象だ。そんな黒瀬が大丈夫だと言うのだから、本当に大丈夫なのだろう。

「はやくたべようよ」

雅尾が待ちきれないと足を揺らす。

「じゃあ食べようか」

黒瀬が言い、行儀よく手を合わせた。環と雅尾も手を合わせ、三人で「いただきます」を言う。

スプーンで温泉たまごを崩し、ドライカレーと一緒に口に運ぶと、自分で作るのとは違う、けれどどこかやさしい家庭の味がした。きっとこれも何度か作って練習したのだろう。そして練習しているうちに、黒瀬と雅尾の舌に合う、ぴったりのドライカレーになったのだろう。

初めて会ったときに一緒に作ったドライカレーもいい思い出だが、こうして黒瀬と雅尾が自分のために振る舞ってくれたものは、その何倍も美味しかった。

そしてやはり少しだけ、寂しい。

これは、他人の家庭の味だ。

「……美味しい」

噛みしめるようにそう言うと、黒瀬と雅尾はほっとしたように息をついた。

「よかった。実は少し緊張してたんだ。環は料理の専門家だし、口に合わなかったらどうしようかって」

「本当に美味しいですよ。甘みと、それからほんの少し醤油《しょうゆ》が入ってるのかな？　和風テイストで口に馴染みやすいし、何より温泉たまごはいいアイディアですね。僕も今度から乗せようかな」

「醤油が入ってるの、よくわかったな。隠し味でほんのちょっとしか入れてないのに」

驚いた黒瀬に、環は笑って答える。

「ふふっ、そこは専門家ですから」

そしてツナサラダとヴィシソワーズにも口をつけて、感想を口にする。

「全部美味しいですね。まさかこんなにも黒瀬さんの腕が上がっているとは……。雅尾くんの好き嫌いもこれならすぐになくなっちゃいますね」

「好きなものは増えた？」と環が雅尾に訊くと、雅尾は少し渋い顔をして自信なさげに頷いた。

「かぼちゃはすきだよ。あと、だいこんときゅうりはたべられる。でも、ピーマンとセロリはきらい……。だってにがいしヘンなあじするもん」

「そっか。でも、食べられるものがたくさん増えてえらいね」

「うん！　パパのおりょうり、おいしいからすきになっちゃうの！」

「パパすごいんだね」

「うん!!」

自分が褒められたときより、黒瀬を褒めたときのほうがより嬉しそうだ。父親のことが本当に好きなのだと全身から伝わってきて、環の頬は自然と緩んだ。褒められた黒瀬の様子も窺うと、雅尾のことを愛おしそうに見つめていた。

「……羨ましいな」

自分ではもっと、元気な声で言ったはずだった。

だが、零れた声は思ったよりも寂しそうで、黒瀬と雅尾が心配そうに環を覗き込んできた。

「たまきせんせい、どうかしたの？」

「環、俺は何かしてしまっただろうか」

慌てて否定しようとしたが、せっかくいい雰囲気だったのにそれを壊してしまった自分が情けなくて、環の顔は笑顔とは正反対に引き攣《つ》っていく。

「何でもないんです、本当に」

言葉とは裏腹に、環の声は震えていた。これで何でもないわけがなかった。ダメだダメだと思うのに反比例して、心の底にしまっておかなければならなかった羨望《せんぼう》という二文字が、水面から顔を出す。それを抑えるために、環は俯いた。

「その、俺でよければ、話を聞くが……。ええっと、こういうとき、友人としてどうすればいいんだ？」

黒瀬が慌てふためいて、席を立つと、環の傍にしゃがみ込む。まるで幼い子どもに接するような行動に、ふっと環から笑いが零れた。本当に友人関係に不慣れなのだなと思うと、笑わずにはいられなかった。だが決して馬鹿にしたわけではなく、不器用な彼に愛しさが湧いたのだ。

すうっと息を吸って、環は顔を上げた。

自分でも、驚いた。まさか自分の家庭を持てないことが、こんなにも自分の中で燻《くすぶ》っていたとは思わなかった。

残念には思っていたが、人生はそれだけではないのだと、そう信じてもいた。だから前向きに生きていこうと思っていたし、実際そう振る舞っていたのに。

「……雅尾くんにはちょっと難しいかもしれないけど」

環は首の後ろをさすりながら、ふたりに向き直った。ごまかしても不誠実だと、環は話すことに決めた。

「見ればわかることですが、僕は希少な三毛猫の男なんです。もしかしたら、黒瀬さんは気づいているかもしれませんが……、遺伝子の関係上、僕は子どもをつくることができません」

環が言うと、黒瀬の瞳孔がきゅっと縦長になった。雅尾はまだ理解できないだろうに、それでも真剣な眼差しで聞いている。

「だから、生涯《しょうがい》誰とも結婚しないし、家庭を持つ気もありません。それは仕方のないことだってわかってるし、受け入れてもいるんです。——だけど、子どもがいる人を見ると、やっぱりどこか羨ましくて、どうして僕はこんななんだろうって、ちょっと寂しくなっちゃって……。だから、黒瀬さんたちがどうとか、そういうことじゃないんです。ごめんなさい。せっかくの食事なのに、しんみりさせて」

無理やり笑顔をつくって、環は締めくくった。

「俺は、環にそんな思いをさせていたのか」

黒瀬が悲しそうな顔で言った。

「違いますよ！　僕が勝手に嫉妬してるだけなんです。でも、いっつもそんなふうに感じてるわけじゃなくて、ほんとにたまにで……」

言いながら、これではますます黒瀬を落ち込ませるな、と環は戸惑った。

こんなふうになるなら、言わなければよかった。いや、そもそも羨ましいなどと言わなければよかった。

環が後悔に胸が圧《お》し潰《つぶ》されそうになったときだった。

「たまきせんせい、こどもがいなくてさみしいの？」

雅尾が首を傾げて訊いた。その薄緑色の目には純粋な疑問が浮かんでいて、環は苦笑して頷いた。

「そうだね」

すると、雅尾は「はい！」と右手を上げて、言った。

「だったら、ぼくがせんせいのこどもになってあげる！　そうしたら、さみしくないでしょ？」

ねっ、と自信満々の顔で提案され、環は最初何を言われたのか理解することができなかった。

「えっと……、雅尾くんが僕の子どもに？」

繰り返すと、雅尾は「だーかーらー」と大人ぶって人差し指を左右に振った。

「たまきせんせいが、ぼくのママになるの！」

「えっ!?」

思わず、環は黒瀬のほうを見遣った。

環がママということは、パパである黒瀬の妻ということだ。

この人の妻になるのか、とそんな馬鹿げた考えが頭に過ぎる。それと同時に黒瀬も環を見遣り、ばちりと目が合ってしまった。

――環。

黒瀬が甘ったるい声で自分の名前を呼ぶのを想像してしまい、環はかあっと顔に血が集まってくるのを感じた。きっと今、自分は真っ赤になっているに違いない。急いで視線を逸らし、ははっと笑い飛ばすことにする。

「雅尾くん、僕は男だから、ママにはなれないよ」

「そうなの?」

不思議そうに、そして残念そうに雅尾の耳がしなだれる。

「たまきせんせいとまいにちいっしょにいれたらなあって、おもったんだけど……」

「それは僕もそう思ってるよ。雅尾くんがそう言ってくれて嬉しい。ありがとね」

礼を言って、雅尾くんの髪をそっと撫でる。

しかしそのとき、それまでじっと黙っていた黒瀬が、ふいに口を開いた。

「……ママにはなれないが、父親にはなれるぞ」

「えっ？」

驚いて、環は黒瀬を振り返った。黒瀬は予想外に大真面目な顔で、顎に手を当てながら、続けた。

「この区は同性でも結婚と同等のパートナーシップ条例があるからな。実質結婚だし、家族になれるということだ。もし俺と環が結婚すれば、環も雅尾の親になるだろう？　男だからママになれないというのは、少し違う」

「ちょっと、黒瀬さん!?」

「いや、教育上訂正はしておかないと。雅尾が将来同性と結婚したいと思ったときに、誤解を与えたままではよくない」

「それは、そうですけど……」

きちんとした情報を伝えるのは大事だが、今そんなふうに言われると、まるで黒瀬が自分との結婚を受け入れているようにも聞こえる。

うっかり黒瀬と自分が仲睦《なかむつ》まじくしているところを思い浮かべかけて、環はふるふると首を横に振った。

そんなこと、あるはずがない。

環は異性愛者だし、結婚して子どもをもうけた黒瀬もきっとそうだ。そんなふたりが本気で結婚などあり得ない話だ。

しかし、嫌ではないと思っている自分がいることに、環は気づいてしまった。雅尾という子どもができるなら悪くはないな、と頭の隅に肯定する自分がいるのだ。

ちらりと黒瀬を窺い見ても、そのかっこよさにどきりとする始末で、一体自分はどうしてしまったのだろうと頭を抱えたくなる。

結婚とは、いや、夫婦とは、ただ単に生活を共にするだけではないのだ。つまり、黒瀬と性的な関係になるということで——。

「たまきせんせい、パパとけっこんする？」

夫婦の営《いとな》みを想像しかけたところで、雅尾がきらきらした目で、環を見上げた。

「ええっと、それは……」

どう答えたらいいのか、わからない。家族になれると黒瀬が説明してしまったのもあって、断れば雅尾は傷つくだろう。

どうにかしてください、と黒瀬に目で訴えると、そこでようやく黒瀬も自分の発言の危《あや》うさに気づいたのか、「あっ」と声を上げて目を泳がせた。そして少し逡巡《しゅんじゅん》したあと、言い聞かせるように言った。

「雅尾、結婚する前はだいたい恋愛期間と言うものがあるんだ」

そうじゃない、と環は割り込みたかったが、ごまかすにはちょうどいいのかもしれない。

何も言わず、黙って顚末《てんまつ》を見守ることにした。

「じゃあ、れんあいきかんがおわったら、けっこん？」

「そうだな」

「れんあいきかん、いつまで？」

「それは……」

子どもの純粋さを、ここまで恐いと思ったことはない。

雅尾の質問に、黒瀬がとうとう両手を上げた。ギブアップのポーズだ。黒瀬はちらりと環を見遣り、唇を引き結んだ。

雅尾には申し訳ないが、さらにごまかすしかない。

「雅尾くん。こういうのはタイミングが大事なんだよ。まだいつまで、とか決めてないから、僕たちにもわからないんだ。ごめんね」

環が言うと、「そっかぁ……」と雅尾は残念そうに唇を尖らせて、拗《す》ねた顔をした。

「……さあ、冷めちゃうから、ご飯食べようか。ヴィシソワーズ、本当に美味しいですね。口当たりもよくて、丁寧に裏ごししてあるのがわかります」

話題を変えるため、環は黒瀬に訊いた。黒瀬は席に戻ると、同じようにヴィシソワーズを啜《すす》りながら、満足げに頷いた。

「ああ。百均の裏ごし器を買ってきて、使ってるんだ。意外と便利だぞ」

「結構便利なものがありますよね。僕も落とし蓋とか、百均のを使ってますよ」

ほかにもこれを使っている、とか、ちょっとした料理のコツだとか、料理に関する話題が次々飛び出す。

時折雅尾が料理教室に通っている同い年の女の子の話をしたりして、微笑ましく聞いたりもした。

環も家族になれるという言葉のおかげか、いつの間にか環の胸の裡《うち》にあったもやもやが消えていることに気づいたのは、食事のあと、再びゲームをしているうちに、雅尾がすっかり寝入ってしまったときだった。

環の肩に凭《もた》れかかるようにして眠った雅尾を、起こさないようにそっと抱っこして、黒瀬の案内で二階の寝室に運ぶ。

他人の寝室に入るのは、どこか秘密めいたいけないことをしている気分になるのは、自分だけだろうか。緊張しながら寝室に足を踏み入れると、黒瀬の匂いがより一層濃く感じられた。

すやすやと寝息を立てる雅尾の頬をそっと撫でていると、じわりと愛おしさが胸を満たしていくのがわかる。いつもなら感じているはずの寂しさがなくなっていることに、環はそこで気づいた。

自分は思ったよりも、雅尾にママになってほしいと言われたことが嬉しかったのかもしれない。その言葉によって、この子を我が子だと思って接していいと許された気がして、欲求がほんの少し満たされたような気もする。

「これなら朝まで起きなさそうだ。風呂は朝だな」

すぐ耳元で、黒瀬が囁くように言った。

「はしゃいでましたからね。疲れたんでしょう」

環もそう返し、ふたりで音を立てないようにゆっくりと寝室を出て、リビングへ戻る。

時計を見ると、時刻はもう夜の八時を過ぎていた。

「雅尾くんも寝ちゃったし、僕もそろそろお暇《いとま》しますね」

あまり長居しては黒瀬の気も休まらないだろうと、環は帰り支度を始めることにした。

「……今日は、雅尾が変なことを言ってすまなかった」

ふいに黒瀬が謝罪して、一瞬何のことかわからず、環はぱちりと目を瞬いた。

「環にママになってと頼んだやつだ」

「ああ」

戸惑いはしたが、環にとっては嬉しい言葉だった。決して謝罪するようなことではない、と環は首を振った。

「いえ、嬉しかったですよ。家族として認めてもらえたみたいで。……なんて、ちょっと図々《ずうずう》しかったかな」

言っているうちに照れくさくなって、環はぽりぽりと頬を掻く。

「いや、そのくらい雅尾も懐いているということだから。……結婚だとか恋愛だとか、俺も気軽に口に出してすまなかった」

黒瀬の尻尾が、不安そうに下で揺れている。そんなに落ち込むことではないのに、冗談だと気楽に流せないのも、黒瀬の不器用さなのだろう。

「幸い、僕には彼女はいませんし、黒瀬さんみたいなかっこよくてやさしい人の奥さんなら、むしろ光栄なくらいですよ」

ははっと笑いながら言う。自分としては、黒瀬が気負わないように軽口のつもりで言った言葉だった。

黒瀬も当然笑ってくれると思っていたのに、黒瀬は驚いたような顔で、何と返せばいいのかわからず、戸惑っているようだった。

「……やだな、冗談ですよ、冗談」

咄嗟に、もう、と黒瀬の肩を押す。

「あ、ああ。冗談か。なるほど」

ぎこちなく、首の後ろを掻いて、黒瀬が引き攣った笑いを浮かべた。

足元から、すうっと冷えていくような心地がして、環は鞄を手にすると、「帰りますね」と玄関を指差した。

「また、次の講習で」

「今日はありがとう。お礼のつもりだったのに、むしろ雅尾の相手をしてもらった」

「いえいえ、楽しかったですよ。いい一日になりました。これからもどんどん料理の腕、磨いていってくださいね」

力こぶをつくり、靴を履いて、ドアノブを握る。ひっそりと息を吐いて、環は黒瀬を振り返った。

「もしよかったら、また遊びに来てくれ」

口元に薄く笑みを浮かべて、黒瀬は手を振った。それで少し、心が軽くなる。

また次があるのだと、期待をしてもいいのだろうか。

「はい。僕でよければ。じゃあまた」

環も手を振って、別れを告げる。

バタンとドアが完全に閉まってから、いろいろな感情が環の胸に押し寄せてきた。黒瀬の家を出て、少し進んだ通りで、環はしゃがみ込んだ。

「はあ……」

今日はいろいろなことがありすぎた。気持ちの乱高下《らんこうげ》に、今になって環の心臓はどっと疲れを見せた。

「これは、やばいなぁ……」

先程まで一緒にいた黒瀬の顔を思い出し、顔が熱くなる。

――たまきせんせいが、ぼくのママになるの！

――もし俺と環が結婚すれば、環も雅尾の親になるだろう？

ふたりにそう言われたとき、自分は確かに高揚した。嫌だと思うどころか、その可能性もあるのかと気づいて、救われる気持ちがした。

「男なのに、黒瀬さんとならって、ちょっと思っちゃったな……」

去り際、黒瀬の奥さんになれるなら光栄だと環は言ったが、正直なところ、半分以上本気だった。

夫婦になるのがどういうことか、食事中は途中で考えるのをやめてしまったが、ひとりになって再び考えてみると、零した自分の言葉がすべてだったようにも感じる。

——環。

黒瀬の低くて甘い声が、耳の中で反響する。

男らしい身体つきに、少しはにかんだ笑顔。大きな手が環の顎を取り、黒瀬の顔がだんだんと近づいてきて、目を閉じる。

そんな妄想に、環はまったく違和感を覚えない。

黒瀬なら見た目も知性も完璧で、何より大事にしてくれそうだし、自分が認める男にならば、抱かれても構わない。そんなふうに、環は自分の心が傾いているのをはっきりと自覚してしまった。

もし、黒瀬に本気で結婚してほしいと言われたら、喜んで頷いてしまう自信がある。

「これって、恋、なのかな……？」

憧れにしては行き過ぎで、しかし恋かと考えると少しだけ自信がない。

偏見はないものの、環はもともと異性愛者で、男を好きになったことがないのだ。今まで彼女もできたことがない純粋無垢な環だが、これまでに淡い恋心を抱いたのはすべて女性に対してだった。そのときの気持ちと面映《おもは》ゆさは似ているが、これを恋と呼ぶには慎重にならざるを得ない。

雅尾のようなかわいい息子が手に入るから、という打算は本当に自分の中にないだろうか。黒瀬が苦労しているのを知って、同情しているだけではないのか。

探せばいくらでも懸念《けねん》が出てきて、環は頭を抱えた。

しばらくして、このままじゃ不審者だな、と頬を叩いて立ち上がる。

自分の気持ちがどうであれ、最も大切なのは黒瀬の気持ちだ。たとえ環のこの感情が恋だとしても、向こうがそうでなければ何の意味も持たないものだ。それどころか、邪魔でさえある。

「……要検討案件だな」

そうつぶやいてから、今の口調が黒瀬に似ていることに気がついて、環は笑った。

「無意識に真似してる時点でもうね」

今まで並べ立てていた言い訳も、きっとそうだ。言い訳している時点でとっくに好きになっている。

環は大きなため息をつくと、もう一度気合いを入れるように頬を叩いた。

向こうからアクションを起こさない限りは、友達のままのほうがいい。仕事相手でもあるのだから、下手に関係をこじらせるわけにもいかなかった。

「片想い程度なら、許されるよね？」

自分の気持ちに気づいてしまった以上、それをなかったことにするのは難しい。だから、ひっそりと黒瀬を想うことだけは、許してほしい。

久々の感覚に、環の足取りはふわふわと雲の上を歩いているようだった。

＊＊＊ Side《サイド》 Kurose《クロセ》 ＊＊＊

環が子どもをつくれないと知ったとき、黒瀬は自分のことのように胸が苦しくなった。雅尾という大切な宝物を得ているからこそ、環の事情に余計に同情したのかもしれない。だから、雅尾が、環が自分の母親になればいいと言ったとき、その手があるな、と妙に納得してしまった。

生物学上、母親にはなれないが、自分と結婚しさえすれば、雅尾の親にはなれるのだから、環は息子を得ることになる。

至極スマートな考え方だと黒瀬は思ったのだが、そこに環の感情が含まれていないことに気づいたとき、やってしまった、とひどく後悔した。

しかし、困ったように自分を見つめる環を少し不満に思ったのも事実だった。

――環は俺と結婚したくないのか。

胸の中で怒りに似た炎がちらついて、黒瀬は自分のその感情に戸惑った。どうしてこんなに不満なのだろう。環が好きでもない自分との結婚を嫌がるのは、当たり前のことなのに。

だが、好きでもない、という言葉を思い浮かべて、黒瀬はまた胸の奥が炎によって焦がされるのを感じた。

だったら自分は、環がどう答えたら満足だったのだろう。自分と結婚して、雅尾のママになると答えれば満足したのだろうか。

誰もいないリビングのソファにごろりと横になり、黒瀬は天井を見上げて考えた。

先程までここに環がいて、和気藹々《わきあいあい》と三人で過ごしていた。いつもと違うその名残りに満ちたリビングが、黒瀬に幸せを連れてくる。

三人で食事やゲームをして、本当に楽しかった。この温かな時間が永遠に続けばいいと願うほどに。

思い返せば、元妻との結婚生活中、こんな気持ちになったことはないかもしれない。希少種の義務だからと親に言われるまま結婚し、子どもをつくり、生活を共にしても、黒瀬の中で妻はあくまでもビジネスパートナーだった。

彼女はサバサバしていて甘えてくることも滅多になかったし、むしろベタベタするのを嫌っていたほどだった。そういう距離感が好きなのだろうと、黒瀬のほうから彼女にボディタッチを含め身体的な接触を求めたことはなかったし、安らぎすら求めたことは一度もなかった。

だが、環に対しては違う。

黒瀬のほうから声をかけにいくことも多く、毎日ＬＩＮＫにメッセージが来るのをそわそわして待っている。義務ではなく自分がしたいからと、誰かを家に誘ったのも初めてのことだった。

友人だから、妻とはジャンルが違うと言われればそうかもしれないが、黒瀬は誰かに対してこんなふうに感情を顕《あら》わにし、もっと仲良くなりたいと望んだことがなく、熱量で言えば、はっきりと環へのほうが元妻よりも大きいのがわかる。

だからだろうか。

雅尾が環を母親に、と言ったとき、いい案だと思ってしまったのは。

自分と環が結婚すれば、先程のような温かな空間が生涯続くのだ。そんなに幸せなことはほかにない。

環を自分の配偶者にすることは、雅尾にとっても、自分にとってもこの上ない良策だ。だから環にも同じように思ってほしかった。

環にも自分を求めてほしかった。

「……そうか。そういうことか」

物心ついてから、他人に期待をしたことがなかったから、忘れていた。誰かに必要とされたいと思うことは、こんなにも胸が苦しくなることだったのか、と。

他人が自分と同じ考えを持っていてほしいなど、いつもならば馬鹿らしい傲慢《ごうまん》な考えだと黒瀬は切り捨てていただろう。

だが、環だけは、と望んでしまう。

つまり黒瀬は、環に本気で結婚してほしいのだ。

家族というのは、別に夫婦関係だけではない。親子や兄弟のような関係ならば、性的な関係はありえないし、そもそも黒瀬にとって結婚とは、互いの利益のための契約にすぎなかった。

何の心配もなく、環がそこにいてくれる保障。黒瀬はそれがほしかった。

初めてできた友人に浮かれて、距離感を間違えているのかもしれないが、環ほど自分をわかってくれる人間はもう二度と現れないと黒瀬は思う。

だから、手元に繋ぎ留めておきたい。それほどの執着が自分の中にあるのを再認識して、ちっと黒瀬は舌打ちをした。

「冗談だなんて言わせなければよかった」

せっかく環が自分の奥さんになってもいいと言ってくれたのに、驚いた自分は、それを台無しにしてしまった。

天井に手を伸ばし、こぶしをぎゅっと握る。

「……次に会ったときは、真剣に考えてみてくれって言わなきゃな」

環は、生涯独身を貫くと言っていた。だったら、黒瀬と結婚しても何の問題もないはずだ。むしろ環にとってもメリットしかない。

黒瀬のプロポーズを笑顔で受け入れてくれる環を想像し、黒瀬はにやりと笑みを零す。

「水曜日が楽しみだ」

そして翌水曜日。今日は料理教室がある日だ。

黒瀬は雅尾とともに早めにキトゥン・キッチンにやって来て、環の姿を探す。

「あっ、黒瀬さん、おはようございます。今日は早いですね」

三毛色の頭が見えたと思うと、すぐにこちらに気づいて、環が笑顔で黒瀬たちを迎えてくれる。

「ああ、おはよう」

「たまきせんせい、おはようございます！」

「はい、おはよう。雅尾くん、今日も元気いっぱいだね」

「うん！」

イエーイと仲良くハイタッチしている雅尾と環を見て、やはり自分の考えは間違っていないと黒瀬は確信した。三人が家族になれば、きっとうまくやれる。

「あの、環」

いつものように話すだけだ。

しかし、その〝いつものように〟が黒瀬はできなかった。

「どうしたんですか？」

じっとカッパーオレンジの瞳に見つめられ、黒瀬はさっと視線を逸らしてしまった。環を見たら、急に動悸が激しくなって、うまく口が動かなくなったのだ。

こんなふうになるのは、初めてのことだった。

緊張、というにはむず痒く、今まで感じたことのない異様なプレッシャーに襲われた。ある種の羞恥心に近いかもしれない。

環に見られることなんて慣れているはずなのに、今日はどうしてか、そわそわと落ち着かない。

環の瞳は、こんなにも力強く、美しかっただろうか。それに、近くによると、ほんのりと環特有のいい匂いがする。今までは特に気にしたこともなかったのに、なぜだか今日ははっきりと好ましく感じるのは、どうしてだろう。

ぐるぐるとそんな考えが頭の中を駆け巡り、ますます黒瀬の心臓は鼓動を速めていく。

そして、咄嗟に口から出た言葉は、「何でもない」だった。

「……？　何かあったら、言ってくださいね」

「あ、ああ」

ぎこちなく頷いて、黒瀬は手持ち無沙汰《てもぶさた》になって、雅尾の頭をくしゃくしゃと撫でまわした。

「パパ、なに？」

突然の父親の奇行に、不思議そうな顔で雅尾が黒瀬を見上げる。それにまた、「何でもない」と返すと、ふたりから不可解そうな視線が飛んできた。

「お腹が空いたから、料理するのが待ち遠しくて」

黒瀬は仕方なく、そんなふうに言い訳を口にした。嘘ではないが、本当でもなかった。

「ははっ。じゃあ、僕は準備があるので、先にスタジオに行ってますね。おふたりはもう少しだけ待っててください」

「ああ」

環が去ってから、雅尾が再び首を傾げた。

「パパ、どうかした？　どこかいたい？」

本気で心配そうに訊かれ、黒瀬は苦笑して首の後ろを掻いた。

「なあ、雅尾。今日の環、何かいつもと違わないか？」

「どんなふうに？」

「どうって、いつもよりキラキラしてるというか、いい匂いがするというか……」

黒瀬の質問に、雅尾は眉間にしわを寄せながら、唸《うな》る。だが、しばらくして、ぶんぶんと頭を左右に振った。

「いつもとおんなじじゃない？」

「そうか」

どうやら自分だけが感じているようで、黒瀬はその原因が何なのか、いまいちわからないまま講習へと参加することになった。

「今日のメニューは、先週皆さんがリクエストしてくださった、鶏の唐揚げです。簡単そうで実は結構コツがいる料理ですよね。衣《ころも》がぐんにゃりしちゃったり、ちゃんと中まで火が通ってなかったり」

環の唐揚げあるあるに、「わかるわ」とあちこちから声が上がった。

「お店のみたいに、カリッとしないのよね」

「二度揚げしたら硬くなりすぎちゃって、せっかくのジューシーさがなくなっちゃったりね」

そういうものなのか、と未だ揚げ物はハードルが高い気がして挑戦したことがない黒瀬は、難しそうなメニューに少しだけ不安になる。

すると、「安心してください」と環がやさしく受講者に微笑んだ。

「今日は皆さんに、唐揚げマスターになって帰ってもらいますから」

冗談抜きで、環に後光が射しているように黒瀬には思えた。

どうにもおかしい。今日の環は、この前会ったときよりも、全体的にキラキラしていて眩しい気がする。

「ではさっそく、鶏肉の切り方ですが……」

受講者を前に、丁寧に説明する環の声は耳に入ってくるものの、気づけばぼうっと環を見つめてしまって、その内容が理解できない。

とにかく環の見本どおりにやろうと、手を動かしかけて、あっと黒瀬は動きを止めた。もう少しで自分の指をすっぱり切り落としてしまうところだったのだ。いや、実際には少し皮膚を切ってしまい、細い切り傷がだんだんと赤く滲んできた。

「パパ、だいじょうぶ!?」

雅尾がぎょっとしたように声を荒げ、環を呼ぶ。

「たまきせんせい！　パパがゆびきっちゃった！」

「えっ、大丈夫ですか?」

慌てて飛んできた環が、黒瀬の腕を取った。

「……っ」

肌が触れた瞬間、焼けるように全身が熱くなり、黒瀬は思わずバッと環の手を振り払った。

驚いた顔で、環が自分を見る。

「すまない。驚いて……。傷は大したことはない。少し切っただけだ」

「いえ、僕こそいきなり触ってすみませんでした。それより、血が出てるから、ちゃんと手当てしないと。僕、絆創膏《ばんそうこう》持ってくるんで、そのあいだ流水で傷口を洗っておいてください」

「わかった」

言われたとおり、黒瀬は水道水で念入りに傷口を洗い、環が絆創膏を持ってくるのを待つ。

それにしても、あの感覚は一体何だったのだろうか。

環が触れたところは、未だに熱をもっているような感じがして、そこを意識すると全身がむずむずして暴れ出したくなる。

「パパ、へいき?」

雅尾が、自分のほうが泣きそうな顔でぴったりと黒瀬の脚にくっついてきた。

「平気だ。だが、ぼうっとしたまま包丁を持つと、こういうことになるっていう悪い例だな。雅尾も気をつけろよ」

「うん」

雅尾にそう言いつつ、黒瀬も反省する。子どもの見本にならなければならないというのに、注意散漫《さんまん》だと環に怒られるかもしれない。

だが、明らかに原因は環にあるのだ。

どうして今日に限って、あんなふうに輝いて見えるのだろう。雅尾に訊いてもいつもどおりだと言うし、ほかの受講者も特段環を気にした様子はない。そう見えるのは自分だけらしい。

理由を考えていると、環が絆創膏を持って戻ってきた。

「お待たせしました。動かないでくださいね」

そう言って、そこにあったキッチンペーパーで黒瀬の手の水を拭き取り、慎重に絆創膏を指に巻きつける。今度こそ振り払うことなく、だが、あの熱は再び黒瀬を燃やしていった。

やはり、おかしい。

伏せられた環の目は、思ったより長い睫毛で縁取られており、なぜかそれを見た途端、いけないものを見たときのような、奇妙な感覚に襲われた。そのせいで、黒瀬の身体がぴくりと動く。

すると、瞬きをした目がちらりと黒瀬のほうを向いた。

そして、環は小さくため息をついて、言った。

「……黒瀬さん。この前のこと、本当に冗談ですから。そんなに警戒しないでください」

「え？」

何のことだ、と問い返す間もなく、「できました」と環は手を放すと、黒瀬から離れていってしまう。

「さあ、皆さんも怪我をしないように気を引き締めてくださいね。慣れてきた頃が一番油断しやすいですから」

「環」

名前を呼んでも、聞こえなかったはずがないのに、環は振り向かない。

心臓が、どくりと嫌な音を立てた。先程までの高揚と違って、黒いどろどろしたものが黒瀬を包んで、締めつける。

数ヶ月前、似たような思いをしたことがある。元妻が離婚届を置いて出ていったときだ。だがそのときよりも何倍もの衝撃で、この感情が何なのか、一瞬よくわからなかった。しかしその数秒後、ようやく黒瀬は自分が傷ついているのだと悟った。

「どうして……」

自分は何か環の嫌がることをしてしまったのだろうか。

でなければ、やさしい環がこんなふうに無視するはずがない。

「パパ、ゆびいたいなら、ぼくがかわりにやってあげる」

雅尾が子ども用の包丁を手にし、鶏肉に手を伸ばした。

「気をつけろよ」

はっとして、それだけ注意する。

今はまだ講習中だ。雅尾もいるのに、ショックを受けている場合ではない。保護者として、ちゃんと見ていなければ、雅尾まで怪我をする羽目《はめ》になる。

「まかせて」

雅尾は自信満々な顔でそう言った。しかし意外と弾力があり、三歳の力ではうまく切れないようで、途中で困ったように黒瀬に助けを求めた。

「パパぁ……、きれない」

「押すんじゃなくて、引くんだ」

雅尾の小さな手に自分の手を添えて、黒瀬は手前に包丁を引く。すっと刃先が通り、鶏肉は簡単にふたつに切れた。

「できたぁ！」

嬉しそうに雅尾が笑い、次は自分ひとりでやると張り切って黒瀬の手を跳ねのけた。

「そうか。がんばれよ」

「うん」

跳ねのけられた手を、黒瀬はまじまじと眺めた。

雅尾に触れるのと、環に触れるのとでは、全然違った。ふたりとも黒瀬にとって大事なのに、この違いは何なのだろう。

自分の子どもと友人では違って当たり前かもしれないが、そういうことではなく、この感情の発出元《はっしゅつもと》が、黒瀬は知りたいのだ。

「パパ！　きれたよ！」

雅尾が言い、手元を見ると、思ったよりもきれいに均等に鶏肉が切り分けられていた。三歳にしては上手すぎるくらいだ。

「よくできたな。すごいじゃないか」

黒瀬の賛辞に、雅尾はふふん、と誇らしげに尻尾を振った。そして思いついたように環のほうへと走っていく。

「ねえねえ、たまきせんせい。ぼく、じょうずにおにくきったよ！」

くいっとエプロンを引かれ、環がこちらにやって来る。

黒瀬は声をかけようとして、喉が詰まるような感覚を覚えた。声が、出なかった。

「わあ、雅尾くん、上手にできたね」

雅尾を褒めた環が、ちらりと黒瀬を見遣る。

また無視されたらどうしようと、黒瀬は戸惑った。そう思うと余計に声が出なくなる。心臓がどくどくと痛みを訴え、嫌な汗が背筋を伝う。

「次は下味をつける工程です」

だが、黒瀬の不安をよそに、環はいつもどおりの顔でにこりと微笑んだ。

「あ、ああ。袋に入れて、揉み込むんだったか」

「分量、間違えないでくださいね」

念を押すように言って、環が去っていく。せっかくならもう一言二言、会話を交わしたかったが、何を言えばいいのかすら、今の黒瀬にはわからない。少し前までは、何も考えなくても言葉が出てきていたというのに。

どうしてこんなふうになってしまったんだろう。

泣きたいような気持になって、黒瀬はふっと窓の外を眺めた。ぼうっとしている父親を置いて、雅尾が周りの受講者に聞きながら、器用に鶏肉に下味をつけていく。

息子の成長を嬉しくは思えど、少し寂しくもある。いつか雅尾も、黒瀬の元から巣立っていくのかと、遠い未来を想像して、さらに気持ちが落ち込んでいく。

結局その日は沈みっぱなしで、雅尾に何度も心配されながら、唐揚げを完成させた。

環は皆を唐揚げマスターにすると言っていたが、黒瀬は自分がそうなれたかどうか、最後までわからなかった。試食をしても、味など全然感じなかったのだから。

「たまきせんせい、さようなら」

雅尾が環に手を振り、黒瀬も「また」と手を振った。

「また日曜日に」と環も返す。

いつもどおりのはずなのに、どうしてか他人行儀な笑顔の気がして、黒瀬はじっと環を見つめる。

「……どうかしましたか？」

まじまじと見つめられ、環が苦笑した。

「いや、今日の環は、この前までと少し違う気がして」

黒瀬が言った途端、環の表情が少し曇った。何か失礼なことを言ってしまっただろうかと黒瀬は慌てて訂正しようとするが、どこが間違っていたかわからないのに、訂正しようがなかった。

「……それは、黒瀬さんもでしょう？」

小さな声で、環がつぶやいた。

「俺も？」

環にも、自分がキラキラと眩しく見えているのだろうか。だがそう言うわりに、環の顔は明るくない。

ここに来るまでは、環に結婚してくれと言うつもりでいたのに、さすがの黒瀬にも今がそのタイミングではないということはわかる。しかし、ぎこちないまま別れるのは、もっと違う気がした。

気合いを入れるように息を吸って、黒瀬は言った。

「その、この前は、ありがとう。雅尾もまた遊びたいと言っているし、よければ次の休みに、またうちに来ないか？」

その誘いに、当然環は乗ってくるだろうと黒瀬は思っていた。

だが、環は一瞬訝《いぶか》しげな顔をして、それからゆるゆると首を横に振った。

「次の休みは、予定があります」

「だったら、その次の休みにでも……」

「その次も、ちょっと……」

気まずそうに視線を外され、黒瀬もようやく理解する。

これは、遠回しに断られているのだと。

「……わかった。いつか、予定が空いたら教えてくれ」

「はい」

不安そうに、雅尾が黒瀬を見上げた。だが、空気を読んだのか、何も言わず、ただぎゅっと黒瀬の手を握っている。子どもにまで気を遣わせて、黒瀬は自分が情けなくなってきた。

「……俺は、君に何かしてしまっただろうか」

思わず、拗ねたような声が洩れてしまった。

えっ、と環が訊き返す。

わからないのか、と言われたような気がして、黒瀬は顔に血が集まるのを感じた。人には簡単にわかることが、黒瀬にはわからない。当たり前だ。親しい人など、今までできたことがなかったのだから。

環に呆れられたのだと思うと、恥ずかしくて仕方がなかった。返事を訊くのが恐くて、黒瀬は雅尾を抱き上げると、くるりと踵を返してエントランスを足早に出ていった。

「パパ、どうしたの……？」

キトゥン・キッチンから十メートルほど歩いたところで、雅尾が訊いた。見れば、黒瀬の心情が伝わったのか、雅尾まで泣きそうな顔をしている。

「たまきせんせいと、ケンカしちゃったの？」

「してないっ」

黒瀬は反射的に強い口調で返してしまった。声に驚いて、雅尾が耳をぺたんと伏せ、ひくりと喉を鳴らした。

子どもに八つ当たりするなんて、親失格だ。黒瀬は深呼吸して、ふるふるとかぶりを振った。

「……すまない。大きな声を出して。でも環とは喧嘩《けんか》をしたわけじゃない」

「ほんと……？」

「ああ」

本当に、喧嘩などしていない。そうだったらどれほどいいか。

先程のやり取りは、喧嘩にすらなっていない。原因も何もわからないままなのだ。原因がわからなければ、喧嘩など成立しようもない。

「じゃあ、またたまきせんせい、うちくる？」

「多分な」

今日はたまたま、機嫌が悪かっただけかもしれない。黒瀬はそう思わないとやっていけそうもなかった。

こんなふうにうじうじと悩むくらいなら、先程逃げずにきちんと最後まで理由を訊いていればよかった。

「俺はダメな人間だな」

気持ちを切り替えて、また次の料理教室で訊いてみるしかない。

「そんなことないよー」

慰めるように、雅尾が言う。その柔らかな髪を撫で、黒瀬はふっと力なく微笑んだ。

しかし、次の日曜日も、環の態度はどこかよそよそしいままだった。

そのあいだに交わしたLINKも、二、三往復のみだ。いつもなら、くだらないやり取りが何度もラリーのように繰り返されるのに、環の反応は鈍《にぶ》かった。

その日の講習も黒瀬は身が入らず、ぼうっとしたまま何度も雅尾に注意される羽目になった。

そして講習後、黒瀬は思い切って環に声をかけた。

「その、この前、最後まで聞けなかったんだが……、俺は君に何かしてしまっただろうか。そうならば理由を教えてほしい」

一言を絞り出すだけでも、かなりの勇気が必要で、自分はこんなにも弱い人間だったのかと失望する。環が、すうっと息を吸った音にさえ、びくりと身体が震えてしまう。

「……様子がおかしかったのは、黒瀬さんのほうじゃないですか」

「それは、」

確かに、あの日は環が前よりも眩しく見えて、挙動不審だったのは認める。だが、決して悪い意味ではなかった。つまり、黒瀬は環に見惚れていたのだ。

──そう、見惚れていた。

胸の裡でつぶやいた自分の言葉が、今やっとしっくりきた。

「だから、僕の一言が、……迷惑というか、誤解を与えてしまったんだなって思って、なるべく距離を置こうと思ったんですけど……」

いや、誤解でもないんだけど、とぶつぶつ環がつぶやいた。それを聞いても、黒瀬にはわからない。

「環の一言……？　何か言ったか？」

不快に思うようなことなど、環に言われた覚えはない。

「えっと、覚えてないなら、いいんです」

恥じ入るように、環の白い肌が真っ赤になった。すっと伸びた首筋が、艶《なま》めかしく目に映る。黒瀬はごくりと息を呑んだ。その息遣いに、ちらりと環が黒瀬に視線を遣った。

「……でも、だったらなんでそんな、」

いつもと態度が違うのか。環が訊きたいのはそういうことだろう。

だが、その要因は黒瀬にもわからないのだ。環に結婚を申し込もうと思ったときから、なぜか環が急に輝いて見えはじめた。だから見惚れた。

それで様子がおかしいと思われたのなら説明をするべきなのだろうが、黒瀬はそこでまた不安になった。

突然、「君が眩しくて見惚れていた」などと言ったら、環にどう思われるだろう。

客観的に見たら、友人である男を口説いているようにしか思えない。しかも、黒瀬は環にプロポーズをしようとしている。見惚れたなどと言ったあとに結婚してほしいと言ったらきっと、環は黒瀬が性的な意味で好きなのだと勘違いしてしまうかもしれない。その危険性に、今さらながら黒瀬は気づいた。

「違うんだ」

咄嗟に口にして、しかし黒瀬は自分の言葉の違和感に、再び口を閉じた。

――違わない、かもしれない。

客観的に見たらそうであるように、主観的に見てもそうなのではないか。

自分は環を、そういう目で見てはいないか。

結婚したいと思ったのは、子どもがつくれないという環に家族をつくってやりたかったというのもあるが、何より黒瀬自身が、環にずっと傍にいてほしかったからだ。

環は、黒瀬が初めて自分から望んだ人物だった。性的な願望がないというのは、本当にそうだろうか。

中途半端に閉口した黒瀬を、環が不審げに見上げる。

吊り上がり気味だが大きくて丸い猫目に、健康的に潤った唇。複雑に三色が混ざり合った髪と耳。警戒するように揺れるかぎ尻尾。

もし、環が黒瀬と抱き合いたいと言うのなら――と想像して、黒瀬はそれにまったく拒否感がないどころか、興奮しそうになっている自分に気づく。

家族をつくるという目的のために結婚したとして、本当の夫婦のようにお互いを愛し、慈《いつく》しみ合えるのなら、黒瀬にとってはこの上なく幸せなことだ。

そしてもうひとつの事実を、黒瀬はようやく悟った。

義務ではなく、相手と抱き合いたいと思うのも、初めてだ。

環に対しての感情は、何もかもが初めて尽くしで、黒瀬は自分の感情が目まぐるしく動きすぎて、いつも遅れて本心に気がつく。

そんなことを思っている時点で、もうとっくに環をそういう対象として見ているのだ。

そしてそれを、世間一般では何と言うか、そんな当たり前なこともわからなかった。

これは恋だ。

おそらくは、黒瀬にとって初めての。

「……環が何かしたとか、そういうのではない。これは俺自身の問題で……」

「どういうことですか？」

ますますわからない、と環が眉根を寄せた。そんな顔をされても、黒瀬自身にもわからないのだ。好きな人への対処の仕方など、誰にも教えてもらっていないし、経験したこともない。

「だからその、つまり、俺の見え方の問題で、」

恋だと自覚した途端、黒瀬の心臓ははっきりと脈打って、大きくなっていく。

自覚する前は、プロポーズなど簡単なものだと思っていたのに、今は断られることを考えると、恐くて仕方がない。そもそも、傲慢にも断られる可能性すら考えていなかった自分が、信じられない。

だが、このまま挙動不審の原因を説明しなければ、環が納得しないだろう。どうやら環は黒瀬が環に思うところがあると勘違いしているようだし、ここで拗《こじ》れてしまったら、友情すら失いかねない。

恐くても、ちゃんと気持ちを伝えなければ。環なら、黒瀬の気持ちに誠実に答えてくれるという信頼もあった。

たとえ拗れるとしても、誤解ではなく黒瀬の本当の気持ちを知っていてもらいたい。

黒瀬が決意をして、息を吸い込んだそのとき。

滅多に鳴らないスマートフォンが、ピリリリ、とけたたましい音を立てて、鳴った。サイレントモードにしていなかった、と出鼻《でばな》をくじいたそれを止めるためにポケットから取り出すと、だが画面に表示された名前に黒瀬の顔は引き攣った。

「なんで……」

　思わず零れた疑問の言葉に、環が「どうかしたんですか？」と黒瀬の顔を覗き込んだ。

「いや、別れた妻からで」

　馬鹿正直に言ってから、しまったな、と黒瀬は唇を噛んだ。

　そう言えば、環に自分の結婚歴について詳細に語ったことはなかった。離婚していると知れば、悪い印象を与えてしまうかもしれない。

　拒否のボタンをタップして音を止めようとするが、切ってまた数秒後、すぐに着信が鳴り響く。何か緊急の連絡かも知れない、と黒瀬は環に少し待ってくれと言い置いて、電話に出た。

「もしもし、どうした、いきなり」

　元妻と話すのは、雅尾の親権についての書類を渡したとき以来だ。電話口から漏れた女性の声に、雅尾がはっと耳をそばだてる。

「ママ？」

　それに、しーっと人差し指を立て、黒瀬は雅尾を環に預け、背を向けた。

『今、あなたのうちの前にいるんだけど、ちょっと話があるから開けてくれない？』

「は？　今外出してるんだが、電話じゃできない話か？」

『そう』

やけにはっきりと、元妻が答える。嫌な予感がして、黒瀬は後ろを振り返って雅尾を見た。まさか今さら、雅尾を引き取りたいと言い出すのではないか。そんな考えが頭をよぎる。

そんなこと、絶対にさせない。雅尾を失うなど、黒瀬には考えられない。

『とにかく、急いで帰ってきて』

身勝手なことを言う元妻にため息をついて、黒瀬は「わかった」と電話を切った。

「大丈夫ですか？」

黒瀬の暗い表情に、環が心配そうに訊いた。避けようとしていたのに、こういうとき、放っておけなくて本気で心配してくれる環が、やはり黒瀬には好ましい。好きだな、とぼんやり思って、苦笑する。

「ああ」

大丈夫だと頷くものの、黒瀬の顔は晴れなかった。やはり雅尾について懸念があると思うと、家に帰るのは億劫《おっくう》だった。

それに、正直なところ、雅尾を母親に会わせたくはなかった。

理由が何にせよ、雅尾を置いて出ていって、しかも親権をあっけなく黒瀬に譲り、この数ヶ月面会の申請すらしなかった人間を、黒瀬がよく思えるわけがなかった。

いっそ一生会わずに、雅尾の記憶から消したほうがいいのではと今では思っている。

つまり、夫としては申し訳なく思う部分はあるが、母親としての彼女には同情の余地すらなく、もっとはっきり言ってしまえば、嫌悪感を抱いていた。

何の話をするつもりなのか知らないが、とにかく雅尾を連れて帰りたくはない。だが、だからといって実家はそこそこ遠く、預ける先もほかにない。

「どうしたもんかな」

意図せず零れた黒瀬の言葉に、環が耳をぴくりと動かした。元妻との話の内容が気になっているらしい。それでふと思いつく。

「環、これから一時間ほど休憩だよな？　そのあいだ、雅尾を預かってくれないか」

悪いとは思いつつ、頼れるのは環ひとりだ。

「それは、いいですけど……」

母親に会わせられない理由でもあるのかと、環が訊きたそうな顔をしていた。雅尾も、「ママにあえないの……？」と悲しそうだ。しかし、元妻の話が何であるかによっては、なるべく会わせたくはない。会ったとして、再度母親と離れることで、雅尾の心がまた砕かれてしまったらと思うと、簡単には認められなかった。

「事情があるんだ。戻ってきたら話す」

「パパ」

雅尾がぎゅっと黒瀬のズボンの裾を摑んで止めた。

「……雅尾、悪いが今日はダメだ。俺が一度ママと話をしてくるから」

「そのあとあえる……？」

内容次第だ。無駄な希望を持たせたくはなく、黒瀬は「さあな」と首を振った。

「あっちの話による。保護者として、会わせるか会わせないかは俺が決める」

「……っ」

雅尾の瞳が、見る見るうちに潤んでいく。自分が酷いことをしているようで、黒瀬は胸が痛んだ。だがこれも、雅尾のためだ。

「環、雅尾を頼む」

「はい」

環は余計な詮索をすることなく、しっかりと頷いた。自分への信頼が透けて見えて、黒瀬にはそれが嬉しかった。

「必ず一時間以内には戻る」

キトゥン・キッチンを出て、黒瀬は急いで自宅へと向かう。

もうひとつ角を曲がればすぐに門扉が見える、というところまで来て、黒瀬の耳が元妻の声を捉えた。

「まだかしら」

「まあまあ、いきなりだったし、黒瀬さんだって都合があるよ」

聞き覚えのない男の声がして、黒瀬は足を止めた。十中八九、元妻が離婚時に付き合っていたという恋人のものだろう。声から親しげな様子がうかがえた。

雅尾を連れてこなくて本当によかった。雅尾がもし母親の恋人を見たら、パニックになっていたかもしれない。

それにしても、それを告知しないで帰ってこいなどと、どこまで自分勝手なのだろう。

怒りに震えながら、黒瀬は角を曲がった。

黒瀬の姿を見つけて、元妻――冴子《さえこ》が、「遅かったわね」と鼻を鳴らした。

「突然何の連絡もなしに訪ねてくるのが悪いんだろう」

嫌味に嫌味で返しながら、黒瀬はちらりと隣の男を盗み見る。次はどんな希少種を選んだのかと思っていたのだが、意外なことに、冴子の恋人はノーマルだった。つまり、亜人ではなく、獣耳も尻尾もない、純粋な人間ということだ。これには、多少なりとも黒瀬は驚いた。

亜人の希少種は、どちらかと言うと閉鎖的で、ノーマルや普通種を見下す傾向にある。冴子にもその傾向があって、結婚中、黒瀬はしょっちゅう種族に対するこだわりを聞かされたものだ。

それなのに、まさか新しい恋人がノーマルだとは。しかもまだ若々しく、おそらくは二十代半ばくらいだろう。冴子は今年で確か三十で、少し歳の差がある。

「驚いたな。君が冴子の浮気相手か」

挑発するように、わざと棘《とげ》のある言葉を使った。不貞《ふてい》を働いていたのだから、図々しい性格に違いない。黒瀬の挑発にも、きっと反撃してくるだろうと思っていた。

「ちょっと、そんな言い方、」

冴子のほうが先に牙を剥いた。だが、それを宥《なだ》めるように男が言った。

「冴子さん。黒瀬さんの言い分はもっともです。私たちのほうが悪いことをしたんですから」

「でも、それはもう話のついたことよ。多少なりとも慰謝料は払ったんだから」

「お金を払ったからと言って、それで済む話だとは思ってません」

男は黒瀬に向き直ったかと思うと、背筋を伸ばし、深々と頭を下げた。

「はじめまして。梁井《やない》と申します。冴子さんと結婚を前提に交際しております」

「あ、ああ」

梁井は思ったよりも礼儀正しく、とても不倫をするような男には見えなかった。

「直接謝罪したかったのですが、今日まで会いに来られず、申し訳ありません。突然の訪問も、受け入れていただきありがとうございます」

しかし、路上でする話ではない。近隣住民に聞かれても困る。

「とりあえず中に入ってくれ」

黒瀬はふたりを家の中に招き入れると、リビングに案内した。

「意外と片付いてるのね」

冴子がそう言いながら、そわそわと久しぶりの家を見回した。そして黒瀬に訊く。

「ねえ、雅尾は？」

「……君が来るというから、友人に預けてある」

「なんだ。雅尾に会いに来たのに」

元妻の無神経さに、黒瀬はぴくりと目元を引き攣らせた。

「半年以上経って今さら？　君はもうとっくに母親の役目を放棄してるのかと思っていた

が」

「それは……」

冴子がたじろいで、視線を泳がせた。

「それで、話というのは？　わざわざ浮気相手を紹介するために連れてきたんじゃないんだろ？」

「……雅尾のことよ」

渋面になり、冴子が言った。思わず、黒瀬の口から「はっ」と嘲笑《ちょうしょう》めいたため息が零れた。

「まさか、雅尾を引き取りたいとか言うんじゃないだろうな」

「勝手なのはわかってる。でも、私は雅尾のためを想って」

「雅尾のため？　雅尾を想うなら、突然出ていって、その後何ヶ月も会いに来ないなんてことはしないはずだがな」

何も言わず、ある日母親が出ていって、どれほど雅尾は傷ついただろう。せめて、黒瀬を罵《ののし》ってくれてからならば、いくらかマシだった。そうすれば、雅尾も置いていかれたなどと自身を責めず、父親のせいにできただろうし、心の準備だってできたはずだ。

「でも……」

冴子は膝に乗せたこぶしをぎゅっと握り、反論する言葉を探しているようだった。しかし、冴子より先に梁井が口を開いた。

「私のせいなんです」

「君のせい？」

威圧するようにぎろりと黒瀬が睨んだにも拘《かかわ》らず、梁井は怯《ひる》まなかった。

「はい。私の両親は、亜人に対してあまりいい印象を持っていませんでした。だから、息子さんを連れてきてしまうと、つらい思いをするのではと心配していたようなんです。それに、本心では私が他人の子を好きになれるかという不安もあったようで……、だから葛藤《かっとう》しながらも、雅尾くんに会いに行けずにいたんです」

「良介《りょうすけ》くん……」

それが梁井の名前らしい。冴子は彼の名前を呼んで、彼の手を取った。黒瀬といたときとは違って、そこには確かな愛情があった。冴子が、まさかこんなにも情熱的な女性だとは知らなかった。

黒瀬が驚いて黙っていると、梁井が続けた。

「でも、今は両親も冴子さんのことを気に入ってくれてますし、私も彼女の子どもなら、愛する自信があります」

だからといって、突然やって来て、譲れと言われても承諾できるものではない。

「俺たちは今やっと生活が落ち着いたところなんだ。それなのに、そんなことを言われても困る。雅尾だって、ようやく母親のことを忘れたと思ったのに」

環に「ママになって」と言えるくらいには、立ち直れていたところだった。動揺させられては、堪《たま》ったものではない。

どちらにせよ、親権はもう黒瀬に渡ったのだ。それは紛《まぎ》れもない事実で、いくら冴子が何を言おうと、覆《くつがえ》ることはない。

話は終わりだ、と黒瀬が立ち上がりかけたところで、冴子が言った。

「幼稚園にも保育園にも行っていないと聞いたわ」

「それが？　家で面倒を見ているんだから、構わないだろう」

自宅保育は別に悪いことではない。目の届かないところもあるが、それは保育園でも一緒だろう。雅尾の偏食のせいで入園を断られていたが、今では食べられるものも増えたし、保育園に預けても何の問題もないが、その必要性を感じなかったから、途中入園の申請もしていなかった。

「小さいうちにたくさん友達をつくることは大切だと思うの。社会性を身に付けるためにもね。それに、」

冴子がちらりと梁井を見つめてから、言った。

「やっぱり両親が揃っていたほうが、子どものためだと思うの」

きっとその〝両親〟には、黒瀬は含まれていない。自分と梁井という関係に、雅尾を巻き込もうとしているだけだ。

だが、黒瀬は少しだけ後ろめたさに襲われた。

くだらない、と簡単に吐き捨ててもいいものか、わからなかった。

今のところ雅尾とのふたり暮らしはうまくいっているが、この先何があるか予測はできない。不測の事態が起きたとして、たとえば事故に遭ったり、病気になったりしたとき、頼る先のない自分が、果たして雅尾を守っていけるのだろうか。

その点、冴子の場合は違う。

冴子だけでなく、梁井もいて、亜人とも打ち解けたという梁井の両親もいる。それに、冴子の両親も頼めば助けに来てくれるだろう。

環境は、圧倒的に向こうのほうが整っている。

そして何より、ここに戻る前、雅尾は母親のことを恋しそうにしていた。あの顔を見れば、忘れたわけでも何でもないと、さすがに黒瀬にもわかる。黒瀬のために、忘れたふりをして我慢していただけなのだ。

雅尾は未だに、母親に会いたがっている。

その事実が、何より痛い。

黒瀬の反撃がないとわかると、冴子は畳みかけるように言った。

「私は一日でも雅尾のことを忘れたことはない。もしあなたが雅尾を渡してくれるというのなら、大切に育てるわ。良介くんはこう見えて大手会社の跡取りだし、お金の心配もない。もちろん、あなたが好きなときにいつでも会わせてあげるし、養育費も払わなくていい」

「私も、誠心誠意、雅尾くんを大切にします」

梁井も重ねて言った。

ふたりとも、自分勝手なのは十分自覚しているようだったし、梁井も悪い人間ではなさそうだ。愛し合っているのも伝わってくる。ふたりが両親として雅尾を育てても、きっと何の問題もないのだろう。

――だとしても。

黒瀬は、雅尾を手放す気にはなれなかった。

「そんなに雅尾が大切なら、出ていくときに一緒に連れていけばよかったじゃないか。それもしなかったのは、雅尾より自分がかわいかったからだろ」

「だからそれは、」

「俺が嫌いだったのなら、なおさらだ。そんな男のところに子どもを置いていって、都合よく今さら引き取りたいなんて……」

「あなたのことは嫌いだったけど、人間としては信頼してたわよ。何事も規則正しく細かい人だったし。だから置いていった。いつか状況が整ったら、迎えにいくつもりで」

都合がよすぎるとか自分のことを何と言われようが、構わないと冴子は言う。

「だけど、絶対に、無表情なうえ不器用で、人付き合いの下手なあなたのところよりも、私のほうが雅尾を上手に育てられると思う」

疑念を一切持たない澄んだ目で、冴子が言った。ライオン種特有の、自信に満ちたオーラが滲《にじ》み出ている。

「冴子さん、それは……」

あまりにきっぱりとした物言いに、梁井が止めに入ろうとする。本気で申し訳なさそうに下がった眉尻を見て、人の好さが透けているなと黒瀬は思った。

「……何と言われようが、親権はもう俺にある。雅尾を渡す気はない」

これ以上は、聞きたくなかった。遮るように言って、黒瀬は今度こそ立ち上がる。

「帰ってくれ」

「待って。雅尾に会わせてちょうだい。会う権利はあるはずよ。あの子だってきっと、私に会えば——」

「冴子さん。今日のところは、帰りましょう」

食い下がろうとする冴子を、梁井が止めた。そして、「また来ます」と頭を下げて、おとなしく玄関へと向かう。

「もう二度と来ないでくれ」

追い払うように家から閉め出して、玄関のドアを乱暴に閉めた。

はあ、と大きなため息をついて、黒瀬は上がり框《かまち》に座り込んだ。時計を見ると、約束の一時間まで、あと十五分を切っていた。急いで雅尾を迎えに行かなければ、環の休憩時間が終わってしまう。

重い腰を再び上げて、靴を履く。玄関先にまだふたりがいるのではと疑心暗鬼になりつつ、扉を開ける。だが、ふたりの姿はもうどこにもなく、ほっとして黒瀬は歩き出した。

いつもは雅尾の歩幅に合わせて十分はかかるが、早足気味に歩けば、キトゥン・キッチンまでは五分で着く。エントランスに入り、応接セットのほうを覗くと、雅尾が環の膝の上でプリンを食べているところだった。

「環、すまない。預かってもらって助かった」

「いえ。このくらいは、全然」

「雅尾、おいで」

いつまでも環の膝の上に乗っていては、環が仕事に戻れない。自分のほうへ来るように手招きするが、しかし雅尾はぷいっとそっぽを向いた。

「……パパだけ、ずるい」

母親に会ったことだろう。だが、冴子に会ったことで、ますます雅尾を彼女に会わせるわけにはいかなくなってしまった。そのことを何と説明したらいいかわからず、黒瀬は黙り込んだ。

また来るとは言われたが、雅尾をふたりに会わせるのは、嫌だ。考えただけで言いようのない不安が黒瀬の胸を黒く黒く塗りつぶしていく。

無意識に、黒瀬は歯を食いしばっていた。尖った犬歯が唇を裂き、ぷつっと血が滲み出る。それを見て、環が座ったまま手を伸ばし、黒瀬の裾《すそ》を引いた。

「僕、そろそろ仕事に戻らないといけません」

「あ、ああ。悪かったな。この礼はまた、」

環にこれ以上迷惑をかけるわけにはいかない、と慌てて雅尾を抱き上げ、黒瀬が踵を返そうとしたとき、環がそれを遮って、言った。

「――なので、六時には終わりますから、そのあとご自宅に伺ってもいいですか？」

「え？　……いいのか？」

「たまきせんせい、うちくる？」

誘ってもあれだけ突っぱねられていたのに、まさか環のほうから来たいと言うとは思っていなかった。驚いた黒瀬と雅尾に、「はい」とはっきり環は頷いた。

「黒瀬さん、何か困ってるって顔してますし。僕でよければ、話くらいは聞けますから。……あっ、でも、ほかに相談できる人がいるなら、僕じゃなくてもいいんですけど」

「そんなものはいない。環以外にいるはずがない。ぜひ来てくれ」

食い気味に、黒瀬は答えた。感情がこもりすぎて、身体が前につんのめる。そのせいで、環との距離がぐっと近くなった。

目の前に迫った環の顔に、黒瀬は咄嗟に目を逸らす。だが、すぐにまたその目は環を追ってしまう。

やはり、環の瞳はきれいだ。瞳だけではなく、顔立ちも毛並みも何もかも、信じられないくらい好ましい。

冴子に付き合って恋愛ドラマを観ていたことがあったが、当時は「恋は盲目」の意味さえわからなかった。好きになればどんな人でも王子様に見える、という女心も、惚れた弱みだ、という男心も、黒瀬にはいまいちピンときていなかった。

しかし、初恋の真っ只中にいる今なら、わかる。

出会った当初も好ましく思っていたが、今はさらに環の外見は好ましい。いや、外見だけでなく、その一挙手一投足でさえも、黒瀬の心を捕えて離さない。

「……黒瀬さん？」

名前を呼ばれ、はっとする。いつの間にかじろじろと眺めていたようで、環が困惑した表情で首を傾げていた。

「あ、すまない、つい……。じゃあ、六時に」

「ええ」

頷いて、環が仕事に戻っていく。黒瀬もキトゥン・キッチンを出て、家路に就いた。その途中、雅尾が不思議そうに訊く。

「パパ、たまきせんせいとおはなししてるとき、すっごくドキドキしてた」

「そうだったか？」

抱き上げていたとき、雅尾にしっかりと心音を聞かれていたらしい。息子に指摘され、少し気まずい。

それから遠慮がちに、雅尾は続けて訊いた。

「……ママ、げんき？」

「ああ。元気そうだった」

恋人とすごく仲良しだった、と幼子に言ってもいいものか迷って、黒瀬は結局口を閉ざした。わざわざ雅尾を傷つけることを言う必要はない。

「いつあえる？」

雅尾が訊いた。

こうして何度も訊くのだから、いつか会えると本気で信じているのだろう。そして雅尾が願ったら、父親はそれを叶えてくれるという信頼も、ひしひしと伝わってくる。

さすがにそんなふうに見つめられたら、黒瀬の胸が痛まないわけがなかった。

「俺とママの話し合いが終わったら、かな」

「あしたおわる？」

「それはちょっとわからない」

正直に黒瀬が言うと、雅尾は「はやくおわってね」と頭をぐりぐり黒瀬の胸に押しつけてきた。精一杯の抗議なのだろう。

雅尾が冴子の元へ行かないのなら、いくらでも会わせてやりたいとは思う。黒瀬だって雅尾から母親を取り上げるつもりはない。

「早く諦めてくれればいいんだが」

「……？」

苦笑した黒瀬を、雅尾が不思議そうに見上げた。

帰宅する前に、近所のスーパーに寄って、夕飯の買い出しを済ませることにした。

おそらく環は講習で何かしら食べてくるだろうから、あまり重たくないものを用意しようと、黒瀬はスマートフォンを取りだして、夏にぴったりのメニューを検索した。

冷蔵庫にきゅうりが残っていたな、と思い出し、「夏　きゅうり　おすすめレシピ」と打ち込むと、ずらりと美味しそうな写真が画面いっぱいに並ぶ。

「雅尾、この中ならどれが食べたい？」

お菓子コーナーを熱心に見つめていた雅尾に訊くと、「うーん」と長考の末、素麺《そうめん》を指差した。

「素麺か。確か、編集部からお中元でもらったやつがあったな」

冴子があまり素麺を好きではなかったため、黒瀬家ではあまり食卓に上らなかったメニューだ。めんつゆにつけて食べるだけの味気《あじけ》ない料理というイメージもあって、黒瀬はもらったのはいいものの、戸棚にしまい込んで今の今まで忘れていた。

しかし、雅尾が食べたいと言うのなら、作るしかない。

薬味は何にしようかとレシピを調べていた黒瀬だったが、そこで意外にも素麺のアレンジが豊富にあることを知った。

塩素麺に、油素麺、エスニック風なんてものもある。

「意外と奥深いな……」

味はめんつゆだけではなかったのか、と感心しながら、どうせなら気になったものを全部作ってみようと、必要な材料をカゴに入れていく。

「たまきせんせいくるなら、おかしもいるよね？」

キラキラした目でそう言って、雅尾が先程見つめていたお菓子コーナーを指差した。

前回環を家に呼んだとき、黒瀬が大量のジャンクフードを買い込んでいたから、そう刷り込まれてしまったらしい。お菓子を食べる時間帯ではないが、たまにはいいか、と黒瀬は頷いた。

「好きなものを選んでいいぞ」

「やったぁ！」

先程まで暗い気持ちだったのに、料理や環のことを考えると、自然と心が軽くなる。

完全に不安が取り除かれたわけではないが、自分には拠《よ》り所があるのだと思うだけで、息苦しさがマシになる。

いつの間にかぎっしりと重くなっていた買い物カゴをレジに持っていき、代金を払って店を出た。

家に帰って軽く掃除をし、素麺のつけダレをつくって冷蔵庫で冷やしておく。雅尾も素麺にこんなに種類があるとは思っていなかったようで、一緒にタレを作りながら目を輝かせていた。

四時には準備も終わり、環が来るまで黒瀬は仕事をすることにした。

雅尾はリビングでおとなしくゲームを始め、ドアを開けっ放しにした仕事部屋まで時折《ときおり》雅尾の悔しそうな声が聞こえてくる。この前環と一緒にやったゲームは、ひとりプレイもできるようで、そのやり方を環に教えてもらった雅尾は、今では三歳児とは思えないほど上手にコントローラーを動かすようになっていた。また環と対戦するときまでに、腕前を上げておきたいらしい。

パソコンに届いたメールを開くと、担当編集から先日黒瀬が翻訳した有名作家の著書のチェックバックのＰＤＦが返ってきていた。担当の気になったところや、明らかな間違いと思われる箇所に赤字で指示が書かれたものだ。それを眺めながら、黒瀬は原書をめくり、表現が正しいかをもう一度丁寧に確認していく。

半分終わったところで集中力が切れ、ぐっと背伸びをして時計を見ると、もう六時前だった。そろそろ環の仕事が終わる時間だ。

「雅尾、そろそろゲームは終わりにしろよ」

リビングに顔を出すと、雅尾はすでにゲームをやめていて、代わりにブロック遊びをしていた。ゲームに飽きたのかと思ったが、どうやら一日一時間という制限時間を守っているらしい。

こういうとき、黒瀬は雅尾に自分の血を感じる。

三歳でもう時間の概念がしっかりしているし、ひらがなも読める。行方不明事件のあとは特に、きっちりと決められた約束事を守るようにもなった。

基本的に、几帳面《きちょうめん》で真面目なのだ。

「時間を守れてえらいな」

黒瀬が褒めると、雅尾は嬉しそうに笑って、ブロックを片付けはじめた。黒瀬も手伝い、それが終わると手持ち無沙汰で、ただそわそわと環が来るのを待った。

そして六時を少し過ぎたところで、『もうすぐ着きます』と環からＬＩＮＫでメッセージがきた。

それから一分も経たないうちにインターフォンが鳴って、雅尾がバタバタと環を玄関へ迎えに行く。

「いらっしゃい、たまきせんせい」

「お邪魔します」

まだ陽も落ちきっておらず、外は気温が高いままだ。ひんやりとした室内の空気に環がほっと息を吐く。

「あっ。これ、よかったらどうぞ」

そして思い出したように環が講習で作ったという杏仁豆腐《アンニンドウフ》とプリンを差し出してきた。デザートによさそうだと黒瀬はそれを冷蔵庫にしまってから、環をリビングのソファに座らせた。麦茶でいいか、と問うと、「助かります」と返ってきた。外は余程暑かったらしい。

「今から夕飯なんだが、環も一緒に食べないか？　それとももう食べてきてしまったか」

「きょうはそうめんだよー」

雅尾がよじよじと環の膝に上りながら言う。

「いいんですか？　実は、あの後の講習はスイーツだったので、夕飯まだ食べてないんですよね」

「それならちょうどいい」

「手伝いましょうか」

「つけダレはもうできてるから、あとは茹《ゆ》でるだけなんだ。環は雅尾の相手をしてやってくれ」

大鍋に湯を沸かし、三人分の素麺を茹でる。袋にあった説明書きのとおりの時間で茹で、氷水で締《し》め、ガラス製の大皿にどんと盛った。つけダレは三種類で、坦々《タンタン》風ピリ辛ダレ、あっさりとした塩ダレ、それからスタンダードなめんつゆだ。

ものの十分で完成し、テーブルに並べていると、雅尾が環を引っ張ってダイニングのテーブルへとやって来た。

「わあ、美味しそうですね！」

「ぼくもてつだったんだよ」

褒めて褒めて、と雅尾が頭を環に寄せる。

「えらいね。食べるの楽しみだな」

環が雅尾をぐりぐりと撫でると、雅尾はきゃっきゃとはしゃいだ声を上げた。昼間の話などすっかり忘れたように、その顔はもう明るい。

黒瀬もすぐに忘れられたらよかったのだが、意中の相手に会っても、気持ちはどこか暗いままだ。いや、今が幸せなぶん、余計に考えてしまうのかもしれなかった。

この温かな時間が、冴子と梁井によって壊されようとしている。

あちらが諦めなければ、度々黒瀬たちの時間は侵食され続けるのだ。

環と雅尾をぼうっと見つめてそんなことを考えていると、環と視線がぶつかった。

「……食べましょうか。僕、お腹ペコペコです」

「そうだな」

環なりの気遣いだとわかった。何もしない時間は、余計なことに頭を悩ませてしまう。

「いただきます」と三人で手を合わせ、素麺を啜る。

「これ、美味しいですね！　僕の家は常にめんつゆ一択で、薬味のバリエーションを増やしただけだったので、かなり新鮮です」

環は特に塩ダレが気に入ったようで、レシピを訊いてきた。参考にしたサイトを教えると、さっそくブックマークしたようだ。

一方の雅尾は、スタンダードなめんつゆがお気に召したようで、添えてあった錦糸卵《きんしたまご》やきゅうりと一緒に素麺を頬張っていた。

ぱんぱんに膨らんだ頬を見て、環が言った。

「雅尾くん、初めて会ったときよりふっくらしてきましたね」

「ああ。健康診断に行ったら、標準体重になっていた。これも環のおかげだ」

「僕は何もしてませんよ。料理を作ってるのは黒瀬さんですし、黒瀬さんが頑張ったおかげです」

「あの日、環が誘ってくれたからだよ」

「それはただのきっかけにすぎません」

これ以上言っても、環は認めないだろう。そういう彼の謙虚さも、黒瀬は好きだった。

「俺自身も、環に救われている」

「えっ？」

「いろいろと相談に乗ってくれてるだろ？　今日だって、こうして俺のことを心配して来てくれた」

じっと見つめると、環は居心地悪そうに苦笑して、「役に立ってるなら嬉しいです」と再び箸を動かしはじめた。

和やかな食事の時間はあっという間に過ぎ去り、腹いっぱい食べた雅尾が眠そうに目をこする。風呂に入れようかどうしようか黒瀬が迷っていると、「上がるの待ってます」と環が言い、それに甘えて黒瀬は先に雅尾を風呂に入れることにした。どちらにせよ、雅尾がいる前では相談はできない。

「冷蔵庫にビールとチューハイがあるし、そこにつまみも用意してあるから、好きに飲んでいてくれ。遠慮しなくていいからな」

「じゃあ、飲みながら待ってますね」

そう言ったのに、風呂から上がってみれば、環はきれいに食器を洗い、布巾《ふきん》で鍋を拭いていた。その姿に、黒瀬はどきりとした。

元妻もこうしてキッチンに立っていたが、そのときは何とも思わなかった。だが、環がそこに立っているだけなのに、きゅっと胸が引き絞られた。家族、という文字が頭に浮かび、おそらくそれが原因だろう。

まるで環が自分の妻になったような錯覚に陥《おちい》り、無性に面映ゆくなる。

「……すまない。やってもらって」

「いえ、汚れたまま置いてあるの、どうしても気になっちゃって。性分なので」

風呂で完全に疲れ切ったのか、雅尾は髪を乾かしている段階ですでに夢の中へ行ってしまった。寝室のベッドに寝かしたあと、黒瀬は一階に戻り、酒とつまみを手に、環をソファに誘った。

「今日は雅尾を預かってもらって助かった」

改めて、礼を言う。

しかし、今から説明をするのだと思うと、緊張に身体が強張った。それを往《い》なすように酒の缶を開け、グラスに注ぎ、呷《あお》る。

自分の離婚話をすれば、環に呆れられるかもしれない。なんせ、自分の性格のせいで妻に浮気され、しかも妻が出ていくまでそれにまったく気づかずにいた愚鈍《ぐどん》な男なのだ。浮気をしたほうが悪いと言えど、黒瀬自身にも問題があったと好きな人の前で認めるのは、苦いものがある。

「どうしても言えないことがあるなら、言わなくてもいいですよ」

黒瀬の迷いを察したのか、環が言った。

「言える範囲で話してもらえれば、僕も知恵を貸せるかもしれませんし、言いたくないのなら、黒瀬さんの気が晴れるまで雑談でもしましょう」

ね、と首を傾け、環がやさしく笑う。

それを見て、肩の力が抜けた。

環なら、何を言っても味方になってくれる気がした。いや、これは黒瀬の願望かもしれない。環に味方になってほしい。環を信じたい。

それと同時に、自分のすべてを環に見てほしいという衝動が、胸の底から湧き上がる。

誰かに受け入れてほしい。いや、環に受け入れてほしい。知ってほしい。

「……今年のはじめに、妻が離婚届を置いて出ていったんだ。雅尾を置いて」

口を開くと、自然と言葉が溢れ出た。

希少種だからと勧められるまま見合いをして結婚したため、元妻とのあいだには恋愛感情がなかったこと。

妻に浮気をされていたこと。

それは妻に愛情を持てなかった自分のせいだということ。

だが決して蔑《ないがし》ろにしていたわけではなく、自分なりに大切にしていたつもりだったこと。

黒瀬の告白を、環は時折邪魔にならない程度に相槌《あいづち》を打ちながら、ただ静かに聞いてくれた。

そして、今日の出来事を黒瀬は感情的にならないよう、淡々と説明した。

「冴子が、恋人を連れてうちに来たんだ。今さら雅尾を引き取りたいと。人間関係をうまく築けない俺では心許《こころもと》ないらしい。それに、両親が揃っていたほうが子どものためだと」

隣に座った環の手が、ぴくりと跳ねた。様子を窺うと、何とも言えない複雑そうな顔をしていた。怒ったような、悲しんでいるような、悩んでいるような。

「……親権はもう俺のものだし、雅尾を手離すつもりは一切ない。だが、向こうは諦めないそうだ。また来ると言われてしまって、気が滅入っていた」

「そう、だったんですね」

「ああ。だから、環が心配してくれて、嬉しかった」

黒瀬のこの一言を最後に、しばし静寂がふたりを包んだ。環は言葉を慎重に選んでいるようで、視線は床を見つめ、手は顎に置かれている。

一分ほど経っただろうか。ようやく、環が口を開いた。

「それで、黒瀬さんは未だに何を悩んでいるんですか？　元奥さんとその恋人の方がもう二度と来ないようにする方法？　それとも雅尾くんを会わせないようにする方法？」

訊ねられて、はっとする。

アドバンテージは圧倒的にこちらにあるはずなのに、どうして自分はこんなにも悩んでいるのだろう。あのふたりを突っぱねてしまえば、それで事足りるはずなのに。

「……多分、違いますよね。黒瀬さんは雅尾くんを一番に考えてる。だからつらい。……何となく、わかる気がします」

そう言うと、環はふっと苦笑して、続けた。

「このあいだ、お邪魔したときに少し僕の話をしたじゃないですか。こんなことを言うのは失礼かもしれないけど、今の黒瀬さんって、少し前までの僕にちょっと似てるんですよね」

「似てる？」

「はい。僕は、自分に子どもができないから、誰とも結婚しないんだって決めてました。僕みたいな欠陥品と結婚したら、絶対に幸せになれないからって。もし恋人ができても、その人の将来を考えるなら、僕よりも別の人と結婚したほうがいいに決まってる。たとえ結婚したとしても、きっと後悔させることになる」

「そんなことは――」

「ちょっと前まで言いましたよね。今は思ってませんから。……でも、黒瀬さんが考えているのは、きっとそういうことなんじゃないですか？」

俯いていた環が、ぱっと顔を上げ、黒瀬を見つめた。

だが、わかるようでわからない。環が一体何を言おうとしているのか。

「ええっと、だからつまり、元奥さんに言われた言葉が引っかかってるんじゃないかって思うんですけど。黒瀬さん、前にも自分の性格が、とか、友達が、とか悩んでたじゃないですか。僕みたいに、自分のことを卑下《ひげ》して、元奥さんのほうが正しいんじゃないかって、揺らいでるんじゃないですか？」

「だから苦しい？」

「そう。それに、選ばれない恐怖も」

「選ばれない、恐怖……」

言われてみれば、そうかもしれない。

自分のところにいるよりも、冴子のところで育ったほうが、雅尾にとっていいのではないか。

冴子と梁井と対峙しているとき、そんな考えが頭に浮かんでいたことは否《いな》めない。

それに、雅尾も母親を恋しがっている。もし、母親のほうがいいと雅尾に言われたらと考えて、黒瀬はぎゅっとこぶしを握りしめた。

そんなのは、寂しい。

考えるだけで、胸が潰れそうに痛んだ。

「……俺は、どうすればいい？」

唸るように、黒瀬は訊いた。環に訊いてもどうしようもないことだとわかっていながらも、聞かずにはいられなかった。

「黒瀬さんは、どうするのが一番いいと思いますか？」

環が訊き返した。

「俺は……――」

どうすればいいかなんて、本当はもうとっくにわかっていた。

一番大事にしないといけないのは、雅尾の気持ちだ。

離婚するにあたって、元妻の浮気が原因なのだから、当たり前のように親権は自分が取った。どちらと一緒にいたいかと雅尾には一度も訊かなかった。訊く必要すらないと思っていた。

だが果たして、それは雅尾にとっていいことだったのか、今となっては自信がない。

いや、離婚当時は冴子の環境も整っていなかったから、黒瀬が親権を持つのは当然だっただろう。

しかし、冴子が万全の状態で雅尾を迎え入れたいと言っている今は？

黒瀬の中では、冴子に裏切られたという気持ちは未だ拭いきれないし、あっさりと雅尾を置いていったことへの恨みもある。自分勝手だとも思っているし、誰に訊いても十中八九冴子が悪いと賛同されるとも思っている。

けれどそれらは、雅尾にとっては何の関係もないことだ。

「俺は、雅尾の意見も聞かなくちゃいけなかった」

絞り出すように、黒瀬は言った。

「雅尾は会いたいと望んでいるのに、このままじゃ母親とも会わせてやれない。……でも、恐いんだ。やっぱり母親のほうがいいと、俺の手から離れていくのが。冴子の言うとおり、俺は不器用で人間関係もうまく築けない。頼れる人もいない。俺が倒れたら雅尾はどうなる？」

言いながら、黒瀬は不安が足元からだんだんと這い上がってくるのを感じていた。黒く粘ついた気持ちの悪いそれに、体温が奪われ、呼吸が乱れる。

「雅尾のためを思うなら、この手を放すのが正解なんじゃないか……？」

自分の声が、呪いのように黒瀬を包む。

息の根を止めようと、黒瀬の喉を得体の知れない何かが強く強く締めつけていく。

そのときだった。

「確かに、雅尾くんの気持ちは大切かもしれません」

環の手が、固く握りしめられた黒瀬のこぶしに触れた。それだけのことで、ふっと黒瀬は呼吸が楽になる気がした。

「ただ、まだ三歳の雅尾くんに選択を迫るのも酷《こく》な気もします」

「……それもそうか」

――パパとママ、どっちがいいんだ。

そんなふうに迫れば、やさしい雅尾はきっと選べないだろう。究極の二択を、幼い子どもに強《し》いるのは、確かに酷な話だ。

「どうすればいいかなんて、結婚も子育ても経験のない僕にはわからないけど、でも、これだけは断言できます」

触れるだけだった手が、ぎゅっと握られ、手のひら同士がぴったりとくっついた。温かな感触に、冷えた黒瀬の身体が熱を取り戻しはじめた。

不安ではなく別の何かに、心臓が鼓動を速めていく。

「環……」

縋《すが》るようにオレンジ色の瞳を覗くと、それは三日月《みかづき》のように弧《こ》を描いた。細められたことで一層潤んだ瞳が、光を弾く。

「黒瀬さんは、立派な父親ですよ。今日まで雅尾くんをちゃんと育ててきたんだから、胸を張ってください。黒瀬さんの元でも、雅尾くんは幸せになれます。僕が保証します」

「……っ」

環のやさしい言葉が、黒瀬の脆《もろ》く柔らかなところに、すとんと刺さった。

それこそが、黒瀬の求めていた言葉だった。

ずっと、誰かに褒められたかった。希少種の黒豹だからと、両親には高い理想を求められ、褒められたことはほとんどない。人間関係すらうまく築けず、黒瀬のコンプレックスは、歳を重ねるごとに諦めを纏《まと》い、より強固なものになっていった。

自分はひとりでも大丈夫。そう言い聞かせ続けてきて、誰かに理解してもらおうなどとは、環と出会うまで思っていなかった。

虚勢を張って、けれど内心、ずっと怯えていたのだ。

本当に自分は父親に相応しいのか？

雅尾を幸せにしてやれるのか？

ずっとずっと、恐かった。自信がなかった。

「黒瀬さんは、すごい人です。僕は尊敬してます。だから、絶対に大丈夫。それに、何かあったら、いつでも僕がいますから」

そんな不安を、環がやさしく受け止めてくれる。誇っていいと言ってくれる。

「環」

自分をまっすぐに見つめる瞳が、愛しくて堪らない。

——環が、どうしようもなく好きだ。

そう思ったら、自然と身体が動いた。

黒瀬は握られた手をぐいっと引き、環を抱き寄せた。そして気づけば、縋るように唇を押しつけていた。

「ん……っ」

柔らかく湿った感触がして、次の瞬間、とんっと軽く胸を押し返される。

「く、黒瀬さん……？」

「あ……」

驚いて真ん丸になった環の目を見て、やってしまった、と黒瀬は片手で顔の下半分を覆った。

「すまない。つい……」

謝っても許されることではない。これでは強制わいせつだ。訴えられても仕方がないことをしてしまった。

環に嫌われた、と先程までの温かな気持ちが一瞬で霧散していく。

叩かれる覚悟でぎゅっと目を瞑っていると、しかしいつまで経っても、環のこぶしは飛んでこなかった。代わりに、か細い声で質問が飛んできた。

「どうしてキスしたんですか？」

「それは……」

目を開けて、恐る恐る環と視線を合わせると、意外にも環は怒っていなかった。

「どうして？」

再度問われ、黒瀬は背筋を伸ばす。

伝えるなら、今しかない。今日だって、本当は誤解を解くために、つまりは告白するためにここへ呼んだのだから。

「環が、好きだから。君を、愛してるんだ。だからキスした」

人生で初めての愛の告白を、黒瀬は口にした。

これが正解なのか、わからない。だが、淀《よど》みなく溢れるこの気持ちを、ごまかしたくはなかった。

「……本当ですか？」

じんわりと頬を赤くした環が、念を押すように訊いた。

「神に誓って本当だし、本気だ」

君が好きだ、ともう一度言うと、ようやくそれが伝わったらしく、環が照れたように唇を噛んだ。

どうやら、嫌がられてはいないらしい。

「環は？」

希望を胸に黒瀬が訊くと、胸を押し返していた手が、今度は黒瀬を引き寄せた。そして、こつん、とぶつかるようなキスが返ってきた。

「……僕も好きです。黒瀬さんのこと」

紡《つむ》がれた言葉が、黒瀬の胸を貫いた。これほどの幸福は、雅尾が生まれたとき以来だ。

もう一度唇を合わせると、どちらからともなく舌が伸び、深く深く、隙間もないほど絡まり合った。

「……黒瀬さん、泣いてる」

ふいに唇を離して、環が黒瀬の目尻を拭った。いつの間にか泣いていたらしい。

「幸せすぎても、涙って出るんだな」

「新しい発見ですね」

からかうように笑う環を、黒瀬はしっかりと抱きしめた。互いの尻尾が、穏やかに揺れている。

環がいれば、もう何も恐くはない。

＊＊＊Side《サイド》 Tamaki《タマキ》＊＊＊

黒瀬が好きだと自覚した次の料理教室の日、当の黒瀬の様子がおかしいことに、環はすぐに気がついた。

「家族になれる」と、プロポーズまがいのことを言ったのだから、ただ単に照れているだけかと最初は思ったのだが、黒瀬の指の怪我の治療のため、彼に触れた瞬間手を跳ねのけられ、違うな、と絶望が胸に押し寄せてきた。

――黒瀬さんみたいなかっこよくてやさしい人の奥さんなら、むしろ光栄なくらいですよ。

あの日、帰り際に言った環の言葉に、黒瀬は戸惑った顔をしていた。冗談だとはごまかしたが、もしあれを本当の意味で捉えられてしまっていたら？

そして黒瀬が、そんなふうに好意を寄せる環を「気持ち悪い」と思っているとしたら――……。

いや、黒瀬は同性を好きになろうが表立って差別をするような人ではない。現に、同性同士の結婚について話を始めたのは黒瀬のほうだ。雅尾が大人になって同性を好きになったときに誤解したまま困らないように、と。

だが、それでも内心まではわからない。むしろ無意識に振り払ったという事実のほうが厄介かもしれなかった。

口では何とでも言える。だが、その人の潜在的な、生理的な感覚は拭いきれるものではないのだから。

跳ねのけられた手をぎゅっと握りしめ、しかし環は仕事の顔で言うしかなかった。

「……黒瀬さん。この前のこと、本当に冗談ですから。そんなに警戒しないでください」

そう口にしないと、今までの黒瀬との友情もなかったことになってしまう。あくまでも冗談で貫きとおさないと、これまでに築き上げてきたものが崩壊してしまう。

環の言葉に、黒瀬は不可解そうな顔をしたが、環はそれ以上聞くのが恐くて、逃げるように背を向けた。

しかし、黒瀬としても環との交流は続けたいのか、また家に来ないかと招待されたが、挙動不審に視線を彷徨《さまよ》わせる黒瀬に、環は思った。

きっと黒瀬のことだから、初めてできた友人を失いたくはないのだろう。しかし、なかったことにしようとしても、本当に記憶から消せるものではない。だから態度に出てしまう。

そんな黒瀬を見て、環は少なからず傷ついた。

その傷は思ったよりも深く、簡単には消えそうもない。そんな状態で黒瀬の家に行ったとして、互いに気まずくなるだけではないかと思う。

環は黒瀬の誘いに、首を横に振った。

自分の気持ちが落ち着くまで、黒瀬を好きだという気持ちが上手に隠せるようになるまでは、距離を置いたほうがきっといい。

「――そんなふうに思っていたときもありました」

黒瀬との初めてのキスを終え、酒を呑みながらふたりでだらだらとソファでくつろぎながら、環は今日までの顛末《てんまつ》を話した。

しかしまさか、黒瀬が初恋に戸惑って、環をまともに見れなくなっていただけだったとは。

思春期の男子でもなかなかに珍しい反応だが、今までの黒瀬の人生を思えば、当然の反応だったのかもしれない。とにかく黒瀬は、対人面において経験していないことが多すぎる。

「誤解が解けてよかった。環が眩しすぎて目を合わせられないなんて、気味悪がられるかと思うと言えなかったんだ」

「言ってくれてもよかったのに」

くすくすと笑いながら環が頭を黒瀬の肩にぶつけると、おずおずといった感じで彼の手が伸びてきて、環の髪に触れた。やさしく撫でながら、黒瀬が言う。

「俺は、環に嫌われるのが一番恐い。そう思うと、どうしていいかわからなくなる。見た目は恐いが、臆病な男なんだ、俺は」

「みんな好きな人に対してはそんなものですよ」

「本当か？　環も？」

意外そうに、黒瀬が目を見開いた。雅尾と同じ薄緑色の虹彩《こうさい》が、じっと環を見つめる。

「はい。僕も黒瀬さんに嫌われたらと思うと、恐かったです。だから逃げた」

「環を嫌うなんて、そんなことは絶対にありえない」

それを証明するかのように、黒瀬がぎゅうぎゅうと環を抱きしめ、尻尾までをも絡めてくる。

「僕も、黒瀬さんを嫌うことなんて、絶対にないです」

黒瀬の首元に鼻先を埋めると、ほんのりとフェロモンが香った気がした。

もうほとんどノーマルと変わらないまでに身体機能も人間寄りになった亜人だったが、『ネコ科にはネコ科にしかわからない特有のフェロモンがあり、好意を持つ者同士では嗅ぎ取れる』という都市伝説がまことしやかに流されていた。

フェロモンなど今まで一度も感じたことがなかった環は、そんなものはどうせロマンチストがでっち上げた嘘だろうと思っていた。

だが、体臭とも違う甘やかなこの香りがそれだと言われたら、信じてしまいそうだ。

くらくらと目眩がしそうで、その香りを嗅いでいると鼓動が速くなっていく。

この人と、抱き合いたい。密着して、溶け合うほどに繋がってみたい。

「黒瀬さん」

先程と同じように、深いキスを求める。

髪に頬、首筋に背中。互いに触れて、体温を分かち合う。

「環……っ」

自分の名前を呼ぶ黒瀬の声に、しっとりとした熱が乗る。

黒瀬の指が、薄いシャツの上から、環の乳首を弾《はじ》いた。

「あンっ」

とても自分のものとは思えない嬌声《きょうせい》が洩れ出て、環は慌てて黒瀬から手を離し、自分の口を塞いだ。

「い、今のは……、えっと」

恥ずかしくなって必死に言い訳していると、少し強引に、黒瀬が環の顎を取り、キスをしかけてきた。

「ん、む……っ」

そのままソファに押し倒され、耳を愛撫されながら、もう片方の手で再び乳首に触れられた。

「あッ、黒瀬、さん……っ、そこは……」

興味本位で自分で触ってみたことはあるが、こんなふうに感じたりはしなかった。それなのに、黒瀬の指が掠めるたび、ぴりぴりと甘く腰が疼《うず》く。

このままここで黒瀬に抱かれるのだろうか。

女の人とは多少経験があったが、男の人相手には一度もない。この調子ならおそらく環が抱かれる側になるだろうし、自分も黒瀬を抱くイメージは湧かなかったから、ポジションについてはそれでいいと思う。

だが、正直に言って、不安だ。

男同士のセックスについて、昔少し調べたことがある。それなりの下準備もいるらしいし、快感を得るには時間がかかるということを、環は知っていた。

ぐいっと黒瀬の膝が環の股間を押し上げた。

「んんッ」

知らないあいだに勃起していた性器を刺激され、思わずのけ反って、喘《あえ》ぐ。

はあはあと黒瀬の荒い息が首筋にかかり、確かめるようにそっと彼のズボンに手を伸ばしてみると、自分と同じように黒瀬の性器も硬くなってズボンの前を押し上げているのがわかった。

環に興奮して膨らんでいるのだと思うと、きゅっと胸が締めつけられる。同じように求め合っているのだと、嬉しさが胸を満たしていく。

それで、不安など簡単に消し飛んだ。

――早く黒瀬とひとつになりたい。

環がそう思って口を開きかけたとき、「……っ、すまない」と、突然黒瀬の体温が離れていった。

「え、どうして……」

このまま抱かれても、後悔はしないのに。

環が首を傾げると、黒瀬は自分を戒めるように腕をつねり、言った。

「恋人になったばかりだというのに、性急すぎた。こういうのは環の意思を尊重して進めないといけないことなのに……、俺の理性が脆《もろ》いばかりに恐い思いをさせてしまった。本当に申し訳ない」

あまりに間が悪く、誠実な謝罪に、盛り上がりかけていた気持ちが行き場を失くし、宙を漂う。

そんなこと、環が抵抗しない時点でもうわかったようなものなのに、本当にこの人は。

「ふ……っ、ははっ」

思わず環は噴き出した。きょとんと黒瀬が目を瞬く。なぜ笑われているのか、本気でわかっていない顔だ。

そういうところもやっぱり好きだ、と環は胸に溢れた愛しさに目元を緩ませた。

「別に、抱かれてもよかったのに。でも、そうですね。準備がいることなので、またの機会にしましょうか。雅尾くんが起きてきても困りますし」

「あいつは一度寝たらめったに起きないけどな」

環から軽いキスをして、ソファから起き上がる。このままここにいたら、また感情が爆発しそうで、環は「そろそろ帰ります」と残りの酒を呑み干して、言った。

黒瀬が寂しそうな顔で、「俺は何か間違えただろうか」と訊く。

「そうじゃありません。今帰らないと、いつまでも居座っちゃいそうなので」

寂しいのは、環も同じだ。

「そうか。……そうだな」

環の意図を、今度は正確に理解したようで、黒瀬が頷いて、玄関まで見送りにきた。

「じゃあ、また」

「ああ。おやすみ、環」

靴を履いて、ドアを開けると、夏の陽射しはすっかり藍色に変わっていて、虫の声がリンリンと鳴り響いていた。

そしてドアを閉じる前に、黒瀬が言った。

「環のおかげで、決心がついた。今度、雅尾を母親とその恋人に会わせてくる」

「そうですか」

「まだ少し、嫌だなとは思っているが、母親に会う権利を奪うわけにはいかないしな。それに、冴子に何を言われようが、揺らがない自信もついた。環のおかげだ」

それらはすべて黒瀬の努力の賜物《たまもの》だ。環が頑張ったわけではない。だが、自分が黒瀬の支えになっていると思うと、素直に嬉しい。

「僕も、力になりますから。困ったことがあれば、いえ、困ったこと以外でも何でも。黒瀬さんと共有できたら、嬉しい」

「そうしよう。環のことも、もっと知りたい」

「はい」

頷いて、今度こそドアを閉めた。

歩くたびに、生温《なまぬる》い夏の風が頬を掠めていく。酒のせいか自分の息も熱く、ふっと吐き出すと、風に混じって溶けていった。

夏なんて暑くて煩《わずら》わしい季節のはずなのに、その暑ささえ、今の環には心地よかった。これが恋の力なのかと思うとむずむずして、環は小走りで小道を駆けていく。

その尻尾は、誰が見てもわかるほど嬉しそうに、リズミカルに揺れていた。

それから数日して、黒瀬から連絡がきた。

雅尾を母親に会わせる日が決まったそうだ。向こうがなるべく早くと望んでいるため、急遽《きゅうきょ》明日の午後になったらしい。

まだ不安なのでは、と心配になり、仕事終わりに黒瀬家に立ち寄ると、しかし案外黒瀬は落ち着いた様子で、どっしりと構えていた。

「もし雅尾が向こうに行きたそうなら、そのときはまた考えるが、とにかく俺は自信を持って臨《のぞ》むつもりだ」

「そうですね。堂々としてればいいと思いますよ」

「ああ」

ちらりと雅尾を見遣ると、テレビに夢中になっていた。黒瀬も同じことを思ったようで、雅尾がこちらを見ていないことを確認してから、環を引き寄せて唇を掠め取った。

「雅尾くんには、もう?」

「昼間に話しておいた。嬉しそうだったが、梁井のことを教えたら、複雑そうな顔をしていたな」

梁井とは、雅尾の母親冴子の現在の恋人だ。確かに自分の母親が父親以外といちゃいちゃしているのを見るのは、子ども心につらいかもしれない。

「まあ、僕も似たような立場ですけど」

環も人のことは言えず、父親の新しい恋人なのだから、雅尾にとっては梁井と同じだ。

しかし、黒瀬はあっけらかんと、「環は違うだろ」と言い放った。

「君は雅尾が自分からママになってと懇願したんだ。家族になるよう言ったのは、俺よりもむしろ雅尾のほうが先だった。悔しいことに」

本気で悔しそうに眉間にしわを寄せる黒瀬を見て、自分の子どもと張り合うなんて、と環は笑った。

「……明日、また仕事が終わったら寄りますね」

きっと疲れて帰ってくるだろうから、なるべく傍にいてあげたい。

「ああ。そうしてくれると嬉しい」

「たまきせんせい、あしたもおうちきてくれるの？」

雅尾が振り返って訊いた。環が頷くと、ぱあっと嬉しそうに目を輝かせる。

「もうすぐけっこんする⁉」

期待の籠もった声で訊かれ、環は思わず隣の黒瀬と顔を見合わせた。どう答えよう、と迷っていると、黒瀬がふっと笑顔になった。

そして答える。

「ああ。もう少ししたらな」

やったあ、と雅尾が跳ね、がばりと環に抱きついた。

「息子に言われて答えるなんて、格好がつかないな。……ちゃんとしたプロポーズは、また今度やる」

しまったという顔で黒瀬が首の後ろを掻いた。

黒瀬はそう言うが、環にとっては、ごまかすことなく雅尾の前で答えてくれたことが、何よりも嬉しかった。

「待ってます」

もうほとんど応えたようなものだが、それでいい。

緩やかに夜は過ぎていき、雅尾が寝ついたあと、環も名残惜しい気持ちを抱えながら、家路に就いた。

そしてその翌日。いよいよ雅尾が母親たちと会う日だ。

朝から環もそわそわして、仕事中もしきりに黒瀬のことを考えてしまった。

「……うまくいってるかな」

雅尾のあの様子ならば、母親のほうに行きたいとは言わないと思うが、子どもの母親への依存度は幼ければ幼いほど強いと聞く。万が一、雅尾が黒瀬よりも母親を選んだとしたらという不安は、少なからず胸にあった。

仕事は大好きだが、今日ほど早く終われと思ったことはない。

一日の報告書を書き終え、茶古に提出し、環は定時でキトゥン・キッチンを出た。

『今から行ってもいいですか？』とＬＩＮＫでメッセージを送ると、すぐさま既読になって、『待ってる』と返事がきた。

それを見て、自然と駆け足になる。

噎《む》せ返るような湿度の中、環は走った。すっかり緑になった桜並木を抜けて、住宅街をまっすぐ進む。スーパーを右に曲がると、黒瀬の家はすぐそこだ。

家に灯りがついているのを確認し、ピンポンとインターフォンを押すと、がちゃりと鍵が開いて黒瀬が出てきた。

しかし、いつもは一緒に出てくる雅尾がいない。

嫌な予感に、環の顔が曇った。

「……雅尾くんは？」

環が訊くと、黒瀬は「ああ」と平気そうに頷いた。

「雅尾は、母親と一緒にいる。どうしても一晩泊まらせたいそうだ」

つまり、引き渡したのではなく、あくまで面会日という体《てい》なのだろう。だが、平気そうなだけで、黒瀬が寂しく感じているというのは、想像がつく。

もしかしたら、居心地がよくてこのまま向こうに、なんてこともあるかもしれない。環でさえそんな危惧《きぐ》をいだいているのだから、黒瀬は本当はもっと不安に思っているに違いなかった。

「大丈夫ですよ」

荷物を手離して、環はぎゅっと黒瀬を抱きしめた。すぐに同じように背中に手が回ってきて、互いに抱きしめ合う。

しばらく無言で抱き合って、夏の暑さにじんわりと額から汗が落ちる。それに気づいて、黒瀬が「すまない」と身体を離した。

「暑かっただろ。中で休んでくれ」

「お邪魔します」

それから、夕飯がまだだという黒瀬と一緒にキッチンで料理を作ることにした。

報告書を提出した際に、茶古に余った食材を渡されていたため、それで夏野菜カレーとタンドリーチキンが作れそうだ。

環はタンドリーチキンの下準備を、黒瀬はカレーの材料を切りながら、今日の面会について話をした。

「雅尾くん、どんな様子でしたか」

「母親と久々に会えて喜んでいた。梁井とは、まあ、はじめは警戒していたみたいだったが、しばらく話しているうちに安全だと思ったんだろうな。ぎこちなくだが、喋るようにはなった」

「梁井さん、きっといい人なんでしょうね」

黒瀬の話を聞くかぎり、誠意のある人だというのは窺える。

「……環はどっちの味方なんだ」

ぶすっとした顔で、黒瀬が言った。梁井を褒めたのが気に食わないらしい。

「もちろん黒瀬さんですよ。でも、黒瀬さんがお泊まりを許すってことは、それだけ信頼はしてるんでしょう？」

「それはそうだが」

認めたくはないけれど、認めるほかない。そんな心情なのだろう。

「母親のほうはまだ諦めてなさそうだったけどな。しきりにママだったら毎日好きなものを食べさせてあげるとか、おもちゃも買ってあげるとか雅尾に言っていた」

「雅尾くんは、なんて？」

環が訊くと、たまねぎを炒めながら、ふっと黒瀬が笑顔で返す。

「好きなものばっかり食べてると身体に悪いからダメなんだそうだ」

――きらいなものも、パパがおいしくしてくれるからたべられるの。

雅尾はそう言って、母親に説教をしたらしい。それにはさすがに驚いたようで、彼女は梁井と目を合わせて固まっていたそうだ。

「これも環のおかげだな」

「僕？」

「ああ。環が料理教室でしきりに言っていただろう？」

――野菜にはたくさん栄養があって、身体にいいんです。大きくなるにはお肉も野菜もバランスよく食べないといけません。

「……どうやらそれが雅尾の教訓になっていたようでな。食べるようになって実際に身長も体重もぐんと増えたから、食事のありがたみに気づいたんじゃないか？　前までは考えられないことだ」

最近の雅尾は、偏食だったのが嘘のように何でも積極的に口にする。食べて苦手なものは無理に食べさせてはいないが、別の調理方法で作れば、また何度もチャレンジしてくれる。先日は、ピーマンを細かく砕いてハンバーグに入れたら食べられた、と嬉しそうに報告してくれたばかりだ。

「それはよかった」

切り分けた鶏肉をカレー粉やヨーグルトの入った調味料で揉み込み、冷蔵庫に寝かせておく。ここまですれば、あとはもう焼くだけだ。黒瀬のほうもあとは煮込むだけなので、環は使ったボウルやらまな板を洗う。

「俺が料理をするようになったことに、冴子は驚いていた。まあ、俺が作っても効率が悪いからと任せきりにしていたからな。その点では、冴子に悪いことをした。夫失格だ。浮気されるのも仕方がないな」

黒瀬が自嘲気味に笑った。

「でも、黒瀬さんなりに大事にしてきたんでしょう？」

恋愛感情はなかったとしても、黒瀬なりに家族として大切にしていた。

ふたりが離婚したのは、決定的に相性が合わなかったからだ。

浮気したのは悪いことだとは思うが、夫婦として暮らしているのに、愛情を持たれないつらさもわかる気がするし、逃げたくなるのも頷ける。

だが決して、黒瀬がすべて悪いわけでもない。彼は誠実に向き合っていたのだと思う。

だから、これは仕方がないことだったのだ。

雅尾にとっては、家族がバラバラになってしまう出来事だったわけだが、離婚せず仮面夫婦の中で育つのも、いいことだとは思えなかった。

だったら、済んだことを気にしていても仕方がない。黒瀬がこれからしないといけないのは、この先をどうするかだ。

雅尾の幸せと、自分の幸せ。それらふたつを追い求めて、生きていく。

それでいいのでは、と環は思う。いや、そうであってほしいと思うのだ。

「ああ。その失敗を、次は活かすことにする」

鍋を掻き混ぜながら、黒瀬が身をかがめて環にキスをした。そして続ける。

「だから、今度こそうまくいくように、環も俺の傍で見守ってくれると嬉しい」

「プロポーズですか?」

環がにやりと笑って訊くと、黒瀬ははっと思い出して渋面になった。

「また俺はこんなふうに……」

うまくいかないな、と眉間にしわを寄せ、しかし開き直ったように肩をすくめた。

「いや、思っていることを言ったまでだ。プロポーズはちゃんと指輪を買って、高級ホテルの夜景の見えるレストランで言う」

「ベタですね」

だがそれも黒瀬が一生懸命リサーチした結果だと思うと、微笑ましい。しかもそれをプロポーズする相手に言ってしまうあたり、なお愛おしい。

「楽しみにしていてくれ」

「はい」

一時間ほどして、カレーができあがり、タンドリーチキンも焼き上がった。ふたりで向かい合って座り、「いただきます」と手を合わせて、食べはじめる。

「夏と言ったら、これですよね」

ごろごろと大きめに切ったピーマンやなす、それからトマトの入った辛口のカレーは、一口食べるごとに額から汗が噴き出す。同じくカレー味のタンドリーチキンも、休む間もなくヒリヒリと舌を焼く。それらに耐え兼ねて、ブルーベリーヨーグルトで作った冷たいラッシーを流し込む。

「美味いな」

「はい」

夢中で料理を食べながら、こうしてふたりきりで話すのは初めてかもしれない、とふと気づく。いつもはここに雅尾もいて、その笑顔を見ながら、穏やかに過ごしていた。

だが、今は黒瀬とふたりきりだ。

そう思うと、少しだけ身体に緊張が走った。それは決して不快なものではなく、恋人になったばかりの相手との距離のとり方に悩む、あの甘酸っぱい緊張だ。

美味しそうにスプーンを口に運ぶ黒瀬を見ていると、時折覗く尖った犬歯に、ひどくそそられた。

あの歯に思いっきり噛まれて、痕をつけられたい。所有印のように、身体中に触れてほしい。そんな考えが頭をよぎり、自分はもしかしたらMなのかもしれないと環は思った。

「あの」

「ん？」

気づけば口を開いていて、声に反応した黒瀬と視線がぶつかる。

「僕、明日休みなんです。だから今日、泊まっていってもいいですか」

それを聞いた黒瀬の手が、止まった。そしてやや不自然な間を空けてから、「もちろん」と黒瀬は頷いた。

きっと、ちゃんとそういう意味だとわかっていると思う。その証拠に、黒瀬の耳が先程から忙《せわ》しなくぴくぴくと動いている。

「着替えも持ってきたんで、お風呂、貸してもらえると助かります」

「……あ、ああ。好きに使ってくれ」

ぎくしゃくとした空気に、ふたりとも童貞《どうてい》じゃあるまいし、と少しだけ笑いが込み上げる。

だが、黒瀬にとっては少なくとも自分が初恋で、恋愛感情を持った相手との行為は初めてなのでは、と思い至って、環は笑みを引っ込めた。

それに自分も、童貞ではないが処女《しょじょ》だった。途端に、うまくできるか不安になる。

黒瀬とのあれこれを思い浮かべて、後ろを使ったセックスについてきちんと調べ直してはいる。洗浄の仕方も、解すのに時間がかかるのも、知っている。

だからここ数日は、ちゃんと練習もしてきてはいた。シャワーで洗浄して、指が二本挿入できるようにもなっているが、気持ちよさがあるかと言われれば、ない。

だがそれでも、黒瀬とひとつになりたくて、環は準備をしてきたのだ。

決心が鈍る前に、と環は残りのカレーを掻き込んで、同じようにペースを上げて食べ終えた黒瀬と一緒にテキパキと片付けを済ませたあと、「お風呂借ります」と勢いよく宣言して、浴室に籠もった。

「よしっ」

気合いを入れて、丁寧に身体を洗い、それからあわよくば、と持ってきたローションで繋がるための場所を慎重に解していく。

だが、やはり気持ちよくはなりそうにない。違和感ばかりが先立って、本当に大丈夫だろうかと疑問ばかりが募っていく。

結局、緊張のせいかいつもより解しきれないまま、環は諦めて風呂から上がった。Tシャツとスウェットのズボンというラフな格好でリビングに戻ると、黒瀬も緊張した面持ちでソファに座っていた。

「お先にいただきました。黒瀬さんもどうぞ」

「あ、ああ」

「……ベッド、先に行ってますね」

環が言うと、ごくりと黒瀬の喉が鳴った。その音に自分で驚いて、黒瀬は慌てて風呂場へと歩いていく。

黒瀬の姿が見えなくなってから、環は二階の寝室に向かった。

大人ふたりが寝てもなお余裕のありそうなベッドにダイブすると、ふわりと黒瀬の匂いがした。これから抱き合うのだと思えば、心臓が痛いくらいに脈打ちはじめる。

ドキドキしながら待っていると、黒瀬が二階へと上がってくる足音がした。自分の部屋なのに、わざわざコンコンとノックをして、黒瀬が入ってくる。

「環、もう寝たか？」

「まさか」

環が上半身を起こし、ベッド脇で突っ立っている黒瀬の腕を引くと、戸惑いがちにベッドへと入ってきた。

「その、環。一緒に寝るというのは、つまり……」

確認するように、黒瀬が訊く。それを最後まで聞かずに、環は押しつけるように黒瀬の唇を奪った。

そして背中に手を回し、抱き寄せる。

「そのつもりです。僕、黒瀬さんが相手なら、抱かれたいって思ったんですけど」

未だ戸惑う黒瀬に、環は思い切って言った。

「やさしくしてくれそうだし」

「君は……っ」

黒瀬がぐしゃぐしゃと自分の前髪を掻いた。興奮を抑えようとしているらしい。

そんなこと、しなくていいのに。

「いいのか、本当に」

「僕がしたいんです」

環が言うと、灯りがふっと遮られた。黒瀬の顔が、すぐ傍まで迫っていた。

「少しでも嫌だと思ったら、すぐ言ってくれ」

そう言われ、ゆっくりと服の中に黒瀬の手が侵入してきた。

「あ……っ」

唇から徐々に首筋へと湿った息遣いが下りていく。腰の辺りをまさぐられ、やがて勃《た》ち上がりかけた中心へと手が伸びる。

どうする、と窺うような眼差しに、少しだけ懇願が含まれている気がした。

本当は止めないでくれと願っているのだ。だから、環も煽るように黒瀬の硬くなったそこに手を伸ばして、形を確かめるように、さすった。

その瞬間、視界が真っ暗になった。しかしすぐに明るくなり、黒瀬に服を脱がされたことを知る。はあはあと抑え気味の呼吸が鼻先にかかった。歯磨き粉の清潔な匂いがした。

黒瀬が、自分に欲情している。いつもはクールで落ち着いた彼が、キスをしたそうに舌なめずりをしている。

胸の奥にあった熾火《おきび》に、ふっと風が舞い込んだ。途端、小さかった火種が酸素を得て燃え上がる。環は黒瀬の背中にもう一度手を回した。

端正な顔が再び降りてきて、環の唇を吸う。薄く口を開くと、ぬるりとした舌が強引に内部へと伸びてきて、居場所なく彷徨《さまよ》っていた環の舌を誘った。口腔《こうこう》を余すところなく嬲《なぶ》られ、その一方で黒瀬の手が首筋に触れた。触れられ慣れない部位への刺激に思わず、ん、と鼻から甘えたような声が出て、それを合図に黒瀬はいったん環への進攻を止めた。

唇の一部が触れたままの距離で、黒瀬が訊いた。

「いいか?」

密度の高い睫毛をじっと見つめて頷くと、今度は唇から頬を通って耳の中に湿った感触が押しつけられる。

「後悔はさせない」

Tシャツを取り払われ露《あら》わになった乳首を、黒瀬の指先が捉えた。その周囲をやわやわと揉まれ、くすぐったさに身体が跳ねる。

そんなところを触られても、男なのだから感じるわけがない、とつい最近までは信じられなかった。だが、初めて黒瀬に触れられたとき、気持ちよさを感じて驚いた。胸の先端を黒瀬の指の腹が捏《こ》ね回すたびに、淡い痺れがだんだんと強くなる。

「あっ、ンン……っ」

「環」

はあ、と大きく息をついて、黒瀬が獰猛な顔で牙を剥き出しにしている。

ほとんどのネコ科の男は、セックス時に興奮すればするほど、相手を噛みたくてうずうずするものらしい（今の環は噛みたいよりも腹を晒《さら》して噛まれたい気分だが——）。

きっと今黒瀬は、環を噛みたい欲望と葛藤《かっとう》しているに違いない。そう思うと、胸が満たされるような心地がした。自分が、黒瀬を狂わせている。愛されていると実感できる。

それに気づくと、あとはもう転がり落ちるだけだった。

ぞわぞわと、身に覚えのある感覚が腰を疼かせはじめる。ズボンの中で、芯が熱を持ちはじめたのがわかった。もじ、と脚を擦り合わせると、黒瀬が環の変化に気づき、脚の間に身体を滑り込ませた。正常位のような格好のまま、また身体を密着させ、すんすんと首筋の匂いを嗅ぎ、味を確かめるようにべろりと舐める。

ぐりぐりと腰が押しつけられ、黒瀬の中心も硬さが十分になっているのがわかった。薄い耳の穴に舌を挿し込まれ、ねちょねちょといやらしい水音が頭に響く。左手は胸、右手は反対の耳朶を愛撫し、黒瀬は巧みに環の身体を蕩《とろ》けさせていく。

そしてとうとう、黒瀬の手がズボン越しに環の芯に触れた。形を確かめるように撫でられ、非主体的なその動きに腰が揺れる。

「勃ってるな」

耳朶を食《は》みながら、黒瀬が言った。

「硬くなって、いやらしいな」

わざと羞恥を煽るようなことを言い、無防備なそこをぎゅっと握った。うっ、と軽い痛みに環が顔を顰めると、すまない、と慌てて謝って、またゆるゆると表面をなぞりはじめる。

それがだんだんともどかしくなって、環は布団に投げ出していた手で黒瀬に触れた。硬い芯が、パジャマのズボンを押し上げていた。自分のものよりひと回りも太いそれに、少しだけ怖気づく。イエネコより黒豹のほうが体格もいいぶん、そこも大きいだろうと思っていたが、これほどとは。

だがその驚きよりも、環の脳はこの先の快楽を優先したがっていた。

――直に触ってほしい。

「男だとはっきりわかって、気持ち悪くないか」

黒瀬が訊いた。環は首を左右に振った。

相手が男だとか、今さらだ。最初からわかってやっていることだし、黒瀬の身体を見ても、萎えるどころか性欲は加速するばかりだ。

「気持ち悪いと思ったら、こんなふうにはなりませんよ」

「確かに」

慣れた手つきで黒瀬が環のズボンに手をかけ、下着ごと脚から抜き取った。甘く勃ち上がったそこを、黒瀬の長い指がそっと包んだ。

「……っ」

直截《ちょくせつ》的な刺激に、下腹が引き攣《つ》れる。ネコ科特有のざらざらしたトゲを逆撫でされ、声が洩れそうになり、環は慌てて下唇を噛んだ。だが、それを黒瀬が咎《とが》めた。

「こら、血が出るだろ」

手を止めないままそう言って、キスで口を開かせようとする。唇と唇の輪郭が隙間なく合わさって、その中を生温い舌が行き来しはじめると、噛みしめるものがなくなった環の鼻から、黒瀬の手つきに合わせて甘ったるい喘ぎが洩れる。

尖った亀頭を捏ねられ、親指が裏筋を責め、やがて興奮に息が荒くなってきた頃には、環のペニスはこれ以上ないくらいに硬く反《そ》り返って、無意識に腰を黒瀬に擦りつけていた。出したい、という欲求が、思考の大部分を埋めていく。

だが、黒瀬は環の願いとは反対に、決定的な追い込みをかけようとはしなかった。堪らず自身に手を伸ばそうとすると、その手を取られ、叱るように唇を甘噛みされた。

「今出したらつらくなると書いてあった。だから出すのは最後だ」

黒瀬の言う「最後」が何を示しているのか、思い至ってかあっと顔が熱くなる。

——今夜は、とうとう黒瀬のモノを挿れるのか。

初めての体験に、恐怖はある。しかも黒瀬のそこは指二本どころではない太さだ。

だが、好奇心と期待の入り混じった感情が環の中で芽生えはじめていたのも事実で、環は黒瀬の身体を強く挟んでいた脚から力を抜き、身を委ねるようにさらに脚を開いてみせた。

環のその行動に、黒瀬の虹彩が驚きに引き絞られた。そしてすぐ、じんわりと広がっていく。

「いい子だ」

髪を撫でられ、軽いキスが降ってくる。そしてこのまま次に進んでいくのかと思いきや、黒瀬はいったん環から身体を離すと、「そのまま脚を開いて待っててくれ」とクローゼットのほうへと歩いていく。中途半端に放置されたペニスが、切なそうに脈を打って揺れる。

触れたい、とうずうず我慢していると、すぐに黒瀬が戻ってきた。布団の上でおとなしく待っていた環に、よしよし、と子どもに向けるような賛辞が落ちてくる。何をしに行ったのかと思えば、彼の手にはゴムとローションボトルが握られていて、男同士だと潤滑剤《じゅんかつざい》がいることを思い出す。

「すまない、段取りが悪くて」

「いえ、それより、早く……」

黒瀬は再び環の脚の間に潜り込むと、ぐいっと環の腰を膝の上に乗せ、露わになった最奥の窪《くぼ》みをぐりぐりと指で揉んだ。少し解れているとはいえ、初めて他人にそこを触られる違和感にぎゅっと顔をしかめると、黒瀬が口の端を歪めて笑った。安心するように、という配慮の笑みだろう。

「大丈夫。時間をかけて解せば初めてでも気持ちよくなれるらしい」

それに、と指にゴムを着けながら、黒瀬が続ける。

「俺はやさしい。そうだろ？」

「そうでした。僕が言ったんでしたね」

軽口がぶつかり、興奮と緊張に強張っていた黒瀬の表情がわずかに解れた。環はなるべく不安を表に出さないよう、かつ黒瀬を煽るように呼吸を外へ溶かすことにした。

にゅるりと冷たいジェルの感触が、無防備に開かされたそこへ塗り込められる。その間も黒瀬が環の幹に触れて快楽を脳に送ってくれる。そのおかげか、自然と気持ちよさに喘ぎが洩《も》れた。

ぐっと指の先が内部に押し入り、襞《ひだ》を伸ばすように抜き差しされる。

「痛くないか？」

黒瀬が訊いた。違和感はあるものの、痛みはない。それを伝えようと声を出したら、予想以上に湿った声になった。

「ん、いた、くない……」

ごくり、と黒瀬の喉が鳴った。余裕のない欲情した顔に、仄暗《ほのぐら》い悦びが湧く。この顔をもっと見たい、と支配欲に似た感情がせり上がる。

「黒瀬さんの、僕も見たい」

環の言葉に、黒瀬が深く息を吐き、ズボンをずらす。体格に相応しい大きさの怒張《どちょう》が飛び出して、思わず「おっきい」と感想を漏らしてしまった。

「これが環の中に入るんだ」

淫靡《いんび》な笑みを浮かべて、それを環のペニスに擦りつける。ローションの粘りなのか先走りのせいなのか、にちゃっと羞恥を煽る音が響いた。きゅっと無意識に黒瀬の指を締めつける。

本当に入るのだろうか、あんなものが。

節くれだった黒瀬の指一本でも窮屈そうなのに、と訝《いぶか》しんでいるのが顔に出ていたらしい。黒瀬が「任せろ」と二本目の指を中へ押し込んだ。そしてさっきより圧迫感が増したせいで乱れた呼吸を、整えるように黒瀬は言った。

「息は止めずにここに力を入れて。それで少し楽になるらしい」

言われたとおり力をいれると、確かに括約筋《かつやくきん》が緩んで指を受け入れやすくなった。だが、その代わり排泄《はいせつ》のときと感覚が似すぎていて、ひやりとする。

しかしその考えも黒瀬の手つきによってすぐに消えることになった。一本目は馴染ませるようにゆっくりだったのに、二本目からは何かを探るように内部を圧される。萎えないように前を扱かれ、しばらくして違和感しかないと思っていた後ろに、ある変化が訪れた。黒瀬がぐりぐりと圧した一点が、じんわりとした痛みや圧迫感とはまた違う感覚をもたらしたのだ。

「んっ」と上擦った環の声に、黒瀬が「ここだな」とつぶやいた。初めての感覚に「なに?」と訊けば、「前立腺《ぜんりつせん》だ」と黒瀬が答えた。

調べた知識にあった名称だ。そこを責めればとてつもない快感が得られるのだと。その感覚の正体に快感だと名前がついてしまえば、確かにそんな気がしてくる。

「気持ちよくなってきたか?」

「んっ、あ」

黒瀬の愛撫に合わせてピクピクと跳ねる身体に、ほっとしたように黒瀬が笑った。

「環が敏感でよかった」

ぐりっと前と中を同時に強く擦られ、「んあ……っ」と悲鳴が上がる。容赦なく粘膜を蹂躙《じゅうりん》され、助けを求めるようにつま先が布団を掻いた。

「やだ……っ、そこ、いやです！　やめてくだ、さ、」

「そんな顔で言われてやめられるわけない」

発情した雄の顔で黒瀬が言い放つ。そしてさらに三本目の指を挿入し、襞《ひだ》を拡げるようにぐちょぐちょと水音を立てながら、的確に環の弱いところを突いていく。

「あっ、あっ、んっ」

黒瀬を煽るだとか、痛くても演技をしようだとか、そういうことはもうとっくに考えられなくなっていた。女のように脚を開いて、内部を暴かれ、環ははしたなく喘いだ。

「も、イきたい……っ」

陰嚢《いんのう》が持ち上がってくるのを感じ、環は涙目で黒瀬に懇願《こんがん》した。だが、黒瀬は「まだダメだ」とぴたりと手を止めてしまった。イき損ねた熱が、下腹部でぐるぐると渦巻いて、出口を探す。

「今出したらつらいといっただろう。どうしたらいいか、わかるか？」

黒瀬が訊いた。

「うっ、う……」

みっともなく涙目になりながら、環は自ら腰を上げて尻の肉を割り開いた。ずるりと黒瀬の指が抜けた。代わりに、えらの張った赤黒いペニスが、ひたりとそこに添えられる。

「言ってくれ、環」

先端が少しだけめり込む。痛みはない。それどころか、期待に自分の穴がひくつくのがわかった。

「い、いれて、ください」

「ありがとう」

満面の笑みで、黒瀬が頷いた。それと同時に、ぐっと先端が割り込んでくる。

「あああっ、く……ンっ」

指とは比べ物にならない質量に、襞が伸びきって引き攣れる。だが、黒瀬が丹念に解してくれたおかげか、思ったよりすんなりと黒瀬のペニスは環の身体に馴染んでいく。ゴムをつけているせいで、トゲが引っかからないのもスムーズな抜き差しの助けになっているようだ。

痛くないことにほっとした一瞬、初めてなのに、とちらりとまた冷静さが顔を出した。本来入れられる場所ではないところに男の一物《いちもつ》を咥え込んで、嫌がるどころか欲に溺れていく。

はしたないと、いやらしすぎると思われはしないだろうか。

「はず、かしい……っ」

思わず涙声で、環はつぶやいた。

しかしそれもすぐ、動きはじめた黒瀬の腰使いに、霧散していく。

「快楽に身を委《ゆだ》ねるのは悪いことじゃない」

環以上に環の身体を知りはじめた黒瀬が、集中的に気持ちいいところを責め立てながら耳元で言う。

「むしろ気持ちよくなってくれたら俺は嬉しい。環は安心して俺に全部見せてくれていいんだ」

耳朶《じだ》を吸われ、顔中にやわらかいキスが注がれる。

「俺に、君の淫らな姿を見せてくれ。俺だって、余裕なんてない」

そう言った黒瀬の目は、いつもより緑色が濃くなって、濡れていた。

グラインドが、激しくなる。ペニスを同じリズムで擦られ、捏ねられ、頭が真っ白になっていく。

「イく、イく……！」

小刻みに前立腺を突かれ、今度こそ射精管を精子が駆け上がっていく。びくびくと尻尾の先まで電流が走っていく。

　ぐんっと腰を押しつけられ、その衝撃で環は合わさった黒瀬の腹目がけて精を放った。

「あ……はっ、」

　弛緩《しかん》した環の身体を使ってしばらく動いたあと、うっと黒瀬も呻いた。どうやら達したらしい。満足げに息を吐き、黒瀬が倒れ込んでくる。その重みと肌の温かさに、今さらながら黒瀬とセックスしたことを実感した。

「大丈夫か」と黒瀬が中に居座ったまま訊いた。その顔にはまだぎらついた色が残っている。

「黒瀬さんは……？」

　環が返すと、ふっと微笑んで環の頬にキスをしたあと、「最高だった」と黒瀬はずるりと自身を引き抜いた。身体の一部がなくなってしまったような寂しさを感じ、少しだけ心細くなる。黒瀬に対する羞恥心やセックスへの不安は、今やもう跡形もない。あるのはむしろより深まった彼への愛情だった。

　黒瀬とのセックスは、驚くほど気持ちよかった。互いに愛情を分かち合い、上り詰めるあの感覚は、一度経験すれば病みつきになりそうだ。

「セックスがこんなに気持ちいいなんて思わなかったな」

　黒瀬が感慨深そうにつぶやいた。それからはっとして首を振った。

「すまない」

おそらく、元妻との行為を思い出していたのだろう。昔のことを匂わせるのはタブーだが、自分が黒瀬に幸福を与えられたのだとしたら、それでいい。

「いえ、そう思ってもらえてよかったです」

環が微笑んでキスをすると、黒瀬が髪を撫でて環を抱き寄せた。

「もう少しだけ、こうしていていいか？」

「はい」

しかし、まだ硬い黒瀬のそこが、ゴリッと環の腹に当たる。思わず環がふふっと笑うと、黒瀬の気まずそうな吐息が降ってきた。

「自分は淡泊なほうだと思っていたんだが……」

どうやら持て余した性欲に戸惑っているようだ。

「……もう一回しますか？」

環が言うと、「いいのか？」と食い気味に訊き返された。尻尾の付け根を撫でられ、甘い感覚が背骨を駆け抜けた。

「ん、僕も、まだおさまりそうもなくて……」

初めてで身体への負担はあるだろうが、それ以上にもっと黒瀬を感じていたい。幸い、しっかりとした食事で健康管理の行き届いたこの身体には、体力がまだ残っている。

どちらからともなく唇を合わせ、再び灯った快楽の炎に、ふたりは身を委《ゆだ》ねた。


翌日、朝日が覚めると、見慣れない肌色が視界を塞いでいた。

「んん……？」

寝ぼけた状態でそれを押し返せば、「起きたか」と上から声が降ってきた。ぱっと顔を上げると、黒瀬がこちらを見つめていて、一気に記憶が蘇った。

ぼんっと顔を赤くした環にキスをして、黒瀬が上半身を起こす。

「あのまま寝てしまったから、シャワー浴びないとな」

「……一緒に？」

環と違って余裕のありそうな彼を慌てさせたくて、わざとそう言うと、黒瀬は一瞬ぽかんとして、それから、「なるほど」と手のひらで顔を覆った。

「恋人というのは、風呂も一緒に入るものなのか」

照れているのがわかって、言った環まで釣られて恥ずかしくなる。

「僕も恋人とお風呂なんて入ったことないですけど……、これからは黒瀬さんといっぱい恋人らしいことしたいです」

じゃあまずはお風呂から、と黒瀬が環の手を引いた。そのときだ。

ピリリッと黒瀬のスマートフォンが鳴り、枕元にあったそれを見て、黒瀬が驚いたように目を見開いた。

「冴子からだ」

「雅尾くんに何かあったんでしょうか」

不安になって、早く電話に出るよう言う。

「もしもし？」

黒瀬が通話を始めた横で、環も固唾《かたず》を呑んで見守った。

一分ほどで会話が終わり、黒瀬が「わかった」と電話を切った。

「冴子さん、なんて？」

環の問いに、黒瀬がふっと安心させるように微笑んだ。

「大丈夫だ。どうやら雅尾が帰りたがっているらしくてな。早めに迎えに来てくれと言われただけだ」

「え？　雅尾くん、もういいんですか」

せっかく母親と会えたのに、時間より早く帰りたいだなんて。

だが、そう言われた黒瀬は満更《まんざら》でもない様子だ。いや、どちらかと言うと、ほっとしたような感じだろうか。何にせよ、雅尾が自分自身の意思で戻ってくるのだ。嬉しくないはずがない。

「ああ。……それで、環にも一緒に迎えに行ってほしいんだが」

「僕も？」

「そうだ」

一緒に、ということは、冴子と梁井に会うことになる。黒瀬は環をパートナーとして紹介するつもりなのだろうが、環の胸に過ぎったのは、不安だった。

「……いいんでしょうか、僕が行っても」

「どういう意味だ？」

女の人なら、よかったかもしれない。しかし、環は男だ。同性愛に対する偏見が少なくなったとはいえ、同性同士のカップルに子育てなんて、という不信感は拭えないのではないか。そんな劣等感にも似た思いが、身体を強張らせた。

もちろん、そんな偏見には負けず、雅尾も黒瀬も幸せにするつもりでいる。だが、自分の存在が黒瀬にとって不利になるのではという考えが頭に浮かんでしまったのだ。

その不安に、言い淀んで耳を伏せた環の様子から黒瀬も気づいたらしい。

「怯えることじゃない。環が胸を張っていてくれたほうが、冴子も納得する。いや、しようがしまいが関係ないな。俺と雅尾が選んだのは君なんだし」

行こう、と黒瀬が環の手をぎゅっと握った。

その手を握り返してもいいものか。環は悩んだ。だが、まっすぐに自分を見つめる黒瀬の瞳に愛情と信頼、それに雅尾の笑顔が透けて見えて、環の背中を押した。

「はい」

黒瀬の手をしっかりと握り返すと、彼は自信たっぷりの顔で、「それでこそ」と笑った。


待ち合わせは、冴子と梁井が今住んでいるという町の最寄り駅だった。

黒瀬がいるから大丈夫だ、と自分に言い聞かせてはいるものの、やはり少し緊張する。無意識のうちに尻尾を股のあいだに挟みそうになり、何度もダメだダメだと尻尾を摑んで腰に巻きつけた。

近くの喫茶店で待つこと十分。ガラスの向こうに、雅尾がいるのを見つけて黒瀬の裾を引く。

「ああ、来たな」

雅尾の後ろには、華やかな印象のライオン種の女性がいて、その隣にはやさしそうな雰囲気のノーマルの男性がいた。ぱっと見、ありふれた幸せそうな親子に見えて、胸が痛んだ。

　黒瀬の背中を追い、喫茶店を出て三人に合流する。

「こんにちは」

　環が先に声をかけると、冴子が品定《しなさだ》めをするように環を見た。雅尾も気づいて、「あっ」と嬉しそうな声を上げて、こちらに走り寄ってくる。

「……もしかして、あなたが『たまきせんせい』？」

「あ、はい。そうです。黒瀬さんと雅尾くんに料理を教えている、三ヶ島環といいます」

「それで、俺の恋人だ」

「そうだよー」

　あいだに割り込むように黒瀬と雅尾が言った。

「やっぱり、男の人だったのね」

　はあ、と冴子がため息をつく。

「雅尾に訊いたら、パパが今度結婚するのはその『たまきせんせい』だって言うのよ。新しいママになるって言って、衒《てら》いもなく話すものだから、どんな人だろうって思ってたけど……」

「まあまあ、冴子さん。やさしそうな人じゃないですか」

冴子を宥《なだ》めるように、ほんわかとした笑みを浮かべて、梁井が言った。

「はじめまして。梁井良介と申します。冴子さんの婚約者です」

「はじめまして」

ぺこりと環がふたりに頭を下げると、しかしそれを無視して、冴子が雅尾の横にしゃがんで言った。

「本当に、ママたちと一緒に暮らさないの？　うちのほうが、きっと幸せよ」

「冴子っ!!」

その言葉に、黒瀬が珍しく怒気《どき》を顕わにする。環が驚いていると、同じように冴子もぽかんとして黒瀬を見上げていた。

「……驚いた。あなた、そんなふうに声を荒げて怒ったりするのね。感情がないのかと思ってた」

さすがにそれはあんまりだと環は思う。黒瀬は無表情に見えて、結構感情は豊かなほうだ。一見わかりにくいだけで、その実細かなところに表れている。耳だって尻尾だって、それに口元のわずかな動きも、ちゃんと見ればわかることだ。

環が反論しかけたところで、雅尾が冴子の手を引いた。

「パパ、いっつもわかりやすいよ。たまきせんせいといっしょにいるときは、たくさん」

「え……？」

冴子が訊き返すと、雅尾はにんまりと笑顔になって、続けた。

「それからね、さっきのママのしつもん。ぼくは、パパとたまきせんせいとくらす。ママのことはだいすきだけど、パパとたまきせんせいには、ぼくしかいないから」

「でも、ママだって雅尾しか……」

涙ぐんで言いかけた冴子に、雅尾が首を傾げた。

「どうして？　ママとりょうおじさんには、あかちゃんいるでしょ？」

何のことだ、と冴子と梁井が顔を見合わせた。環も黒瀬と目を合わせ、首を傾げる。ふたりはまだ結婚していないし、子どもだっていないはずだ。

だが、雅尾は確信めいた表情で、冴子のお腹の辺りを指差した。

「ここに、ぼくのいもうとがおねんねしてるよ」

「あ……っ」

何かに思い当たったように冴子が声を上げた。さすがにそれで、環にもわかった。

「雅尾はお兄ちゃんになるのね」

「うん！」

元気よく頷いた雅尾を、冴子が抱きしめる。

「でも、それでもね、あなたも私の子どもなのよ」

確かに、冴子の言うとおりだと思う。お腹を痛めて産んだ子だ。離れるのはつらいだろうし、やむを得ない事情があって一度離れたこともきっと後悔しているに違いなかった。

環は、黒瀬の味方だ。だから彼が雅尾と一緒に暮らしたいというのなら、全力で応援する。しかし、目の前の母親の愛情を見せられたら、胸が痛むのも仕方がないことだった。

だから、今、環には何も言えない。雅尾を大事にするなんて、当たり前すぎて言い出せなかった。

「安心してほしい。雅尾は責任を持って育てる」

そこへ、黒瀬の声が滑り込む。

「会うなとも言わない。好きなときに会えばいいし、雅尾も好きなときに妹に会いに行けばいい」

「でも、でも……」

冴子は何も聞きたくない、と雅尾を抱きしめたまま首を振った。そんな彼女の背中を、梁井がやさしくさすっている。

「ママ、だいすきだよ」

雅尾が言い、とうとう冴子は声を上げて泣きはじめた。何事かと周囲の人の視線が刺さる。だが、それでもこの場にいる全員が、彼女を止めなかった。止められるわけがなかった。それどころか、環まで泣きたくなった。

やがて、落ち着いた冴子が「ごめんなさい」と立ち上がった。梁井がそれを抱きとめ、元気を分け与えるように頬を寄せた。涙を拭い、くすぐったそうに苦笑して、冴子が黒瀬に向き直る。

「……疾風、今までのこと、謝るわ。自分のことばかりで、勝手なことを言って、あなたを傷つけた」

「構わない。俺も、君を幸せにはできなかった。痛み分けだ」

黒瀬が言うと、「ふっ」と冴子が初めて力を抜いて笑った。

「あなた、結構おもしろいのね。結婚していたときに気づきたかったわ。それから……、あなた」

今度は、環に向き直って、彼女は丁寧に頭を下げた。

「さっきは失礼な態度をとってごめんなさい。必死だった……っていうのは言い訳よね」

「いえ、お気になさらず。お気持ちは、わかりますから」

環が返すと、「いい人ね」と冴子は眩しそうに目を細める。そして、母親の顔で、言った。

「雅尾をよろしくお願いします」

「……っ、もちろんです！」

——この命に代えても。

環の真剣な思いが伝わったのかはわからないが、冴子はこくこくと頷いて、「じゃあね」と雅尾に手を振った。

「またね、ママ」

尻尾をぶんぶんと振り回し、雅尾も手を振った。ふたりの姿が見えなくなるまで、環も手を振り続けた。

「……帰ろうか」

黒瀬が雅尾を抱き上げると、雅尾は大きく息を吸って、顔を黒瀬の首元に埋めた。

「がんばったな。泣いていいんだぞ」

やはり、やせ我慢していたらしい。ぐすっと洟《はな》をすする音がした。誰だって、母親と別れるのはつらい。しかし、雅尾はぶんぶんと首を横に振って、言う。

「なかないもん。またあえるから」

「たくましくなったな」

ふっと黒瀬が笑った。

そんなふたりを見て、環は決意した。

「ちょっと失礼します」と言い置いて、たたっと小走りで駅近の花屋に向かう。そこで一輪の白い薔薇を買って、急いでふたりの元へと戻った。

「どうしたんだ？　いきなり……」

不思議そうに首を傾げる黒瀬の前に躍り出て、環は片膝をついた。と同時に薔薇を差し出して、言う。

「僕、絶対にふたりを幸せにしますから。だから、黒瀬さん。僕と結婚してください！」

言わずにはいられなかったのだ。

環の突然のプロポーズに、黒瀬がきょとんとした顔で、目を瞬かせた。それから数秒経って、ようやく状況が呑み込めたのか、じわじわと瞳の色が濃くなっていく。

「環、君って人は……」

「僕も男ですから。僕からもプロポーズしたっていいでしょう？」

「やられた」

ははっと声を上げて笑って、黒瀬が環の薔薇に手を伸ばす。

「もちろんだ。三人で、幸せになろう」

「なろう！」

雅尾も賛同して、三人で抱きしめ合った。

これからはこの三人で、家族だ。

ほんの少し前まで、まさか自分に家族ができるとは思っていなかった。いや、生涯を共にしたいと思えるパートナーですら、叶わないと思っていた。

だが、諦めていた眩しい存在に、今手が届く。

公衆の面前だということをすっかり忘れて、環は愛しい黒瀬にキスをした。

＊＊＊ Epilogue《エピローグ》 ＊＊＊

「疾風さん」

環のプロポーズから一ヶ月。いつまでも「黒瀬さん」では他人行儀すぎる、と言われ、環は密《ひそ》かに黒瀬を名前で呼ぶ練習をしていた。

だが、いざとなると恥ずかしくて、環はいつまで経っても名前で呼べないままだった。

「こんなんじゃダメだよな……」

環が黒瀬を苗字で呼ぶたび、黒瀬は少しだけ寂しそうな顔をする。それを見て申し訳な

い気もするが、当初から固定していたものをいきなり変えるのはどうしても恥ずかしいのだ。

しかし、さすがにそろそろどうにかしないと、とは思っている。だからこその練習だ。

「疾風さん、疾風さん……」

職場であるキトゥン・キッチンのスタジオで次の講習の準備をする傍ら、環はぶつぶつとひとり黒瀬の名前をつぶやいていた。

そこへ、ブルッとポケットのスマートフォンが震え、着信を告げた。見れば件の黒瀬からで、環はどきりとしながら電話を取った。

「はい、三ヶ島です」

『ああ、環。今大丈夫か？』

「準備中なので少しなら」

『……今日、仕事が終わったら一緒に出掛けたいところがあるんだが』

少しの間を空けて、黒瀬が訊いた。

いつも余程の用事がない限り、環は仕事帰りに黒瀬家に寄って一緒に食事をとっている。最近では泊まることも増え、半ば同棲のようになっていた。

それなのに、あえて予定を訊くということは、何かのっぴきならない事情でもあるのだろうか。

「はい。じゃあ、どこかで待ち合わせのほうがいいですか？」

『ああ。六時半に駅前に来てくれると助かる』

「わかりました」

黒瀬の声にやや緊張が混じっている気がして、雅尾のことで何かあったのだろうかと思い、環は訊く。

「雅尾くん、何かあったんですか？」

『いや、雅尾はいつもどおりだ』

「そうですか……。じゃあ、六時半に駅前で」

この違和感の正体は何なんだと思いつつ、時間が迫っていたので電話を切った。

気になりながらも仕事をこなし、定時になったところで、急いで帰る準備をする。そして約束の時間より十分早く駅前に到着した。

それから待つこと数分。遠くのほうで雅尾のはしゃぐ声が聞こえ、ふたりが来たことを知る。

そちらに視線を遣れば、いつものカジュアルな格好ではなく、品のいいジャケットにネクタイというスーツ姿の黒瀬と目が合った。しかも、よく見れば黒瀬だけではなく雅尾まで襟付きシャツに蝶ネクタイという格好だ。セレブ然としたふたりに、周囲の人の視線も集中しているようだった。

「すまない。こちらのほうが遅くなってしまったな」

「たまきせんせい、こんばんは！」

「こんばんは。たまたま仕事が早めに片付いただけなので。……ところでふたりとも、すごく素敵な格好ですね」

　環が褒めると、少しだけ黒瀬の目が泳いだ。照れているようだ。それに微笑みかけ、「だっこ」とせがむ雅尾を抱え上げ、環は目的地を訊いた。

「ところで、これからどこへ？」

　ふたりとは対照的に、環の格好はいつもどおりの無地シャツにチノパンというラフすぎるものだ。そんな自分が傍にいても大丈夫だろうかと心配していると、黒瀬が言った。

「雅尾の好き嫌いもだいぶ直ったし、たまには外で食事をと思ってな。その前にまだ予約の時間までかなりあるし、環の服を買いに行こうかと」

「僕のですか？」

　ドレスコードのある店にでも連れていくつもりだろうか。フォーマルな服はリクルートスーツくらいしか持っていないから、新しいものを買うのはやぶさかではないが、ほんの少し緊張する。高級店には慣れていない。

それを見越したように、「大丈夫」と黒瀬が言った。

「そこまで畏《かしこ》まったところじゃない。俺もよく出版社との打ち上げで使っている店だ。料理がうまいから、きっと環も気に入る」

「そうなんですか。それじゃあ楽しみにしてますね」

黒瀬の言葉にすっかり安心していたのに、しかしそのあと連れて行かれたのは、有名高級ブランドの紳士服専門店だった。

そしてあれよあれよという間に環の服が見繕《みつくろ》われ、試着した高そうなシャツにスラックス、ネクタイのタグが気づかぬうちに取られていて、いつの間にか支払いも黒瀬が済ませていた。

「黒瀬さん、こんな高そうなの、買ってもらうわけには……」

おそらく数万はくだらないだろう。正直財布は苦しいが、恋人だからと甘えるわけにはいかない。耳を伏せながら、自分で支払うと環は迫った。だが、黒瀬は聞く耳を持たず、首を振った。

「もうすぐ誕生日だろ？　前祝いだ」

「もうすぐって、あと一ヶ月以上先ですよ……」

「でもたまきせんせい、にあってるよ」

雅尾がにこにこと笑顔で言い、それに黒瀬が追従《ついじゅう》して言う。

「雅尾も環がかっこいいの、嬉しいよな」

「うん！」

雅尾まで巻き込んで言われてしまえば、もう黙るしかない。

「……黒瀬さんの誕生日、ちゃんとお返ししますから」

「楽しみにしておく」

ふっと微笑まれ、手を取られてどきりとする。気づけばもう例のレストランまで来ていたようで、「ここだ」と黒瀬に言われて見てみれば、これまた高級そうなタワーホテルだった。

緊張しながらエレベーターに乗った環とは反対に、雅尾はガラス張りのそれに興奮しているらしく、尻尾をぱたぱたと揺らしてはしゃいでいる。

そしてエレベーターを降り、案内されたのは、夜景が見えるビューレストランだった。

窓際に案内され、夜の街を見下ろしながら、黒瀬が言ったとおりの美味しい料理を堪能する。はじめは慣れない場所に緊張したが、取り繕わない黒瀬の様子に、環もだんだんと緊張を解いていった。

「おいしかったねぇ」

雅尾が満足げに食事を平らげ、ぽんぽんとお腹を叩く。

「そうだね。また来ようか」

デザートのケーキまで食べ終わり、お腹が落ち着いたら出ようかと思っていたところに、店員がワゴンに大きなディッシュカバーを乗せてやって来た。もう何も注文していないはずだが、と環が眉を寄せていると、突然黒瀬が立ち上がった。

そして何をするかと思えば、そのディッシュカバーを取り払い、中から出てきた花束を手に、環の前に跪《ひざまず》く。

「えっ？　えっ？」

動揺する環をよそに、黒瀬は花束を環に差し出して、受け取るように言う。言われたとおり環がそれを受け取ると、そのままポケットから小さな箱を取り出した。

まさか、と思ったときには箱が開かれ、中から黒瀬の目と同じ色の宝石のついた指輪が現れる。

「君のプロポーズから随分待たせてしまったが、俺からも君に求婚させてほしい。……環、君を愛している。俺と、結婚してください」

驚きに目を見開いていると、隣に座っていた雅尾まで黒瀬の隣に跪き、真似をして言った。

「パパとけっこんしてください！」

よく似たふたりに乞われ、断るなんて選択肢はあり得ない。

「はい、喜んで！」

環が頷いたのを見て、ほっとしたように黒瀬が手を取る。輝きを放つ指輪が左手の薬指に嵌《は》められ、「わあ……」と雅尾が感動したように手を叩く。

「覚えてたんですね、夜景の見えるレストランで、っていうの」

「俺が言い出したことだしな」

「ありがとうございます、黒瀬さん」

環が礼を言うと、しかし黒瀬はふっと苦笑し、寂しそうな顔をした。どうして、と首を傾げた環に、黒瀬が提案した。

「同じ苗字になるわけだし、そろそろ名前で呼んでくれないか」

「あ……」

そうだ。結婚するということは、そういうことだ。いつまでも恥ずかしがってはいられない。

すうっと息を吸ってから、環は口を開いた。

「疾風さん」

ようやく呼ばれた自分の名前に、疾風は誰もがわかるくらいに破顔して、環を引き寄せると、その唇にキスをした。

祝福の拍手に包まれて、環は幸せな未来を思い浮かべる。

疾風と雅尾のいる温かな家庭。その中に、自分もいる。

きっとそれ以上の幸福はない。

「帰ったら引っ越しと婚姻届の提出の日取りを決めないと。あと、ご両親への挨拶だな」

こんなときでも現実的な疾風に笑いながら、環は頷いた。

おわり

あとがき

セシル文庫様でははじめまして、寺崎昴《てらさきすばる》です。このたびは拙作《せっさく》をお手に取っていただきありがとうございます。

子育てというジャンル、しかもお料理モノで書かせていただきましたが、いかがだったでしょうか。

正直に言うと、私には子育ての経験がなく、最初は「こんな私が子育てジャンルなんて書けるのかな……」と不安ではありました。しかし、姪《めい》っ子と甥《おい》っ子がまだ赤ん坊の頃、預かって面倒をみていた経験をなんとか絞り出し（「そういやこんなことで困ったな」「作った料理をおいしいって言ってくれたときは嬉しかったな」などなど）、どうにか作品に活かせたかなと思います。

それに何より、ご存じの方はご存じかと思いますが、何を隠そうこの私、生粋《きっすい》のケモナーなので、今回ケモミミということで、書いているうちにいつの間にか不安など吹き飛んでしまいました。

しかも今回初のお子様ケモミミ！　どんなふうに可愛さを表現しようかと頭の中で雅尾くんを動き回らせていたので、キーボードを打ちながらかなり不気味《ぶきみ》に笑っていたかもしれません。家族に見られなくて本当によかった。

とにかく、ケモナー的にはとても楽しく生き生きと執筆できたので、それが伝わっていれば幸《さいわ》いです。

そういえば、話は変わりますが、今回のテーマに『好き嫌いをなくす』というものがあったのですが、皆様は食べ物の好き嫌いはありますか？

……実は私、未だに嫌いな食べ物が多々あります。好き嫌いをなくさなければと思いつつ、どうしても苦手で美味しくないと思ってしまう食材が一向になくなりません。

作中にあったとおり自分で調理したらいけるのでは、と思いチャレンジしてみたものの、結論は「無理なものは無理！」でした。舌が毒だと認識してしまっているのか何なのか……。

雅尾《みやび》くんより私は頑固《がんこ》です……。食べられるようになった雅尾くんは本当にえらい。えらすぎる。

いろんなものを美味しく食べられたほうがお得なんでしょうけど、「食べなければ」という強迫観念に縛られてストレスを感じるよりは、もういっそ好き嫌いを受け入れたほうが健康的なんじゃないかと今では若干諦めつつあります。

食べなくても死ぬわけじゃなし……。

——と、こんな話をしたら作品に説得力がなくなりそうですね。でも、少なくとも昔よりは好き嫌いはなくなったほうです。昔はナスや納豆が大嫌いだったんですが、今では大好物になりました。えらい！

皆様の中に同じ境遇の方がいらっしゃいましたら、ご飯を美味しく食べるのが一番ですので、あまり無理せず、ちょっとでも食べられたら自分を褒めるくらいでいいんじゃないかと思います。

さてさて、私の好き嫌いの話は置いといて。

この本を刊行するにあたり、素敵なイラストを担当してくださった鈴倉温《すずくらはる》先生にこの場をお借りして感謝をお伝えできたらなと。

ぼんやりとした私の中のイメージを見事に具現化してくださって、本当にありがとうございました！　環の中性的な美しさも、黒瀬《くろせ》のかっこよさも、そして何より雅尾くんの可愛らしさも想像以上で、感無量です！

そして編集部様（担当Y様）、デザイナー様、その他この本に関わってくださったすべての方々、本当にありがとうございました。

支えてくれた家族、息抜きに付き合ってくれたり相談にのってくれたりと私を見捨てないでいてくれた親友たちには特別の感謝を。

ついでに私に癒《いや》しを与えてくれた我が家の猫たちにもち●～るを。

そして最後に、読んでくださったあなたには最大級の感謝と尊敬と祝福を。

お手紙やＳＮＳなどで感想をいただけると光栄です。

では、またどこかでお目にかかれることを。

令和五年一月　寺崎　昴

セシル文庫をお買い上げいただき、ありがとうございます。
この本を読んでのご意見・ご感想・ファンレターをお待ちしております。

☆あて先☆
〒154-0002　東京都世田谷区下馬6-15-4
コスミック出版　セシル編集部
「寺崎 昴先生」「鈴倉 温先生」または「感想」「お問い合わせ」係
→Eメールでも OK！ cecil@cosmicpub.jp

セシル文庫

強《こわ》面《もて》黒豹《くろひょう》パパは
三《み》毛《け》猫《ねこ》男《だん》子《し》に初《はじ》めての恋《こい》をする

2023年2月1日　初版発行

【著者】　寺崎《てらさき》 昴《すばる》
【発行人】　相澤　晃
【発行】　株式会社コスミック出版
〒154-0002　東京都世田谷区下馬 6-15-4
【お問い合わせ】　- 営業部 -　TEL 03(5432)7084　FAX 03(5432)7088
- 編集部 -　TEL 03(5432)7086　FAX 03(5432)7090
【ホームページ】　http://www.cosmicpub.com/
【振替口座】　00110-8-611382
【印刷／製本】　中央精版印刷株式会社

乱丁・落丁本は、小社へ直接お送り下さい。郵送料小社負担にてお取り替え致します。
定価はカバーに表示してあります。

ISBN978-4-7747-6435-1 C0193